大美中国

美中国——

面对大海的
迎宾宫殿

于向阳◎著

三环出版社
SANHUAN PUBLISHING HOUSE

图书在版编目（CIP）数据

面对大海的迎宾宫殿 / 于向阳著 . -- 海口：三环
出版社（海南）有限公司，2024. 9. --（大美中国）.
ISBN 978-7-80773-321-8

Ⅰ . I267

中国国家版本馆 CIP 数据核字第 2024NT5760 号

大美中国　面对大海的迎宾宫殿

DAMEI ZHONGGUO　MIANDUI DAHAI DE YINGBIN GONGDIAN

著　　　者	于向阳
责任编辑	劳如兰
责任校对	宋佳昱
装帧设计	吕宜昌
出版发行	三环出版社（海口市金盘开发区建设三横路 2 号）
	邮　　编　570216　　邮　　箱　sanhuanbook@163.com
社　　　长	王景霞　　总 编 辑　张秋林
印刷装订	三河市同力彩印有限公司
书　　　号	ISBN 978-7-80773-321-8
印　　　张	13
字　　　数	150 千字
版　　　次	2024 年 9 月第 1 版
印　　　次	2024 年 9 月第 1 次印刷
开　　　本	690 mm × 960 mm　　1/16
定　　　价	68.00 元

序　言

　　当我打开于向阳老师的《面对大海的迎宾宫殿》书稿时，我立刻想到这样一句话："一本城市档案的书，就是一部厚重的历史。"青岛建置的历史虽然只有一百多年，但这是一座经历三代帝国主义侵占、蹂躏的城市，更是一座到处呈现着异国风情建筑的城市。在这样一个美丽的地方，城市的角角落落都散落着诱人的掌故。如何将这些活生生的故事记录下来，使其发挥呈现市井发现、民俗勾画、风习打捞，乃至美好传统的重建与修复等社会学和民俗学的价值，让生生不息的文脉得以延续，让人们在匆忙的奔波里放慢脚步，去感受那些匆匆逝去的时光，追寻那些渐行渐远的记忆，是一个有责任的作家应该有的担当。从这个意义上讲，于向阳老师做了一件大好事。

　　《面对大海的迎宾宫殿》这部满载厚重历史的作品，把许多曾经鲜活、质朴和人情怡怡的场景，用细腻和生动的笔触一一描绘下来，它是一座城市百年记忆的再现，也足以使这座城市的每一个后来者都在其中看见先辈的生活影像。或者说，能够使今天的每一位热爱青岛的人、热爱故乡的人，都重新记起自己的传统，甚至转向往昔，去淘洗、追寻和擦亮一些美好的东西，加以珍视、尊重和热爱。也只有这种心灵与记忆的追寻，才能构成所

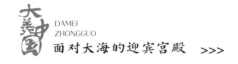

谓一个城市的文化史和厚重感。

在这本书中，于向阳老师对老青岛的依恋和热爱之深，源自他对这座城市的洞悉和理解。从他的文字里，我们能够感到他对街巷里院旧时风情的留恋。例如，在绘写"台东三路商业街"的场景时，他写道："追溯台东三路商业街的历史应该从1891年开始，那时清胶澳总兵章高元率兵驻防青岛，在全市设立了许多炮台，为了和北京内阁总理衙门电讯联系，在台东一路建立了电报房。也就是现在的台东邮电局，并修建了连接海边、码头、市内各个炮台到台东的道路，促进了台东商圈的发展。"这样的文字，带着恬淡而怀旧的散文韵味、生动而鲜活的细节、来自童年时代的深切记忆与体验。也因此，他才成为老青岛生活风情最好的诠释者。

翻过一篇篇文章，我们不仅看到青岛贮水山、浮山后、中山路、仲家洼、海泊河、吴家村、小鲍岛、迎宾馆的历史沧桑，也了解了青岛诸多百年的老企业、老字号、庙会等历史的积淀。岁月不居，日月逾迈。曾经辉煌一时的老街巷，慢慢退出了商业历史的舞台，如今的街巷里院，脚下再也不是那种光滑映人的鹅卵石和青石板，而是灰不灰白不白的水泥块了。特别是在老城区的巷子里，除极少几位老人或是坐在檐下沐浴着夕阳之光，或是步履蹒跚面无表情地走过，偶尔飘过一个时尚女子，那实乃惊鸿一瞥和凤毛麟角。正因为如此，《面对大海的迎宾宫殿》一书就更显得珍贵，它不仅给我们带来心旌摇荡的怀旧之情，同时也促使我们对这座城市的文明延续，对诸多"非物质文明"的被忽略、遗忘，甚至被毁弃，都有所反思。人们常常感叹"时间太瘦、指缝太宽"，在流水般的光阴里，祖先的智慧与文明是没有理由被取代和遗忘的。岁月留痕，有多少动人的故事，都在诉说我们青岛的昨天，那永远割不断的历史，值得我们铭记。

　　历史学家、文学家郭沫若曾有一首诗："前事不忘后事师，自来坟典萃先知。犹龙柱下窥藏史，呼凤舆前听诵诗。国步何由探轨迹，民情从以识端倪。上林春讯人间满，剪出红梅花万枝。"正是如此，青岛市在日新月异地高速发展，有许许多多的故事等待作家们去发掘、去编写，为我们的后人留下了宝贵的财富，今天读着这部厚重的《面对大海的迎宾宫殿》只有感动！想必我们的许多读者读后也会陶醉在这些历史的沃土中，深思昨天、珍惜今天、追梦明天！

青岛市市北区宣传部原副部长

青岛市市北区作家协会主席

中国散文学会理事

吴宝泉

面对大海的
迎宾宫殿

目录
Contents

闲话青岛浮山后

　　1963年，那是我刚上初中一年级的时候，我们学校的第一次学农劳动就是去中韩公社浮山后大队，当我们乘坐学校联系的解放军的大解放敞篷汽车来到浮山后村子里时，受到了浮山后村民的热烈欢迎。记得我们当时被安排住在浮山后村中小学的教室里，用几捆麦秸草铺在地上，放开我们的背包，这就是我们的床铺。

　　我们下乡劳动的第一课是政治课，就是由村里的老革命——王进仁伯伯对我们进行革命教育，讲述浮山后村里几位革命烈士的故事。王进仁伯伯生于1901年，高小毕业后到四方机厂当学徒，后又到钟渊纱厂（青岛国棉六厂）做工。中共党员，1926年至1932年先后担任中共浮山后村支部书记，中共青岛市委书记兼组织部部长，中共山东省委常委、组织部部长，中共山东省临时委员会书记，中共天津市委书记，中共第六届中央委员会候补委员，中共黑龙江省汤原县特委书记。他到哈尔滨向省委汇报工作时，被日本人当作"土匪嫌疑犯"逮捕，出狱后回浮山后村务农，1962年9月当选政协崂山县第一届常务委员会委员，之后当选政协崂山县第二届、第三届常务委员会委员，后任专职驻会常委（王进仁伯伯于1981年5月25日去世）。他讲述了王科仁和张英在中山路新盛泰鞋店门前处决叛徒王复元的故事。王科仁，中共党员，20世纪20年代末在中共山东省委任交通员期间，同张英在中山路新盛泰鞋店处决了叛徒王复元，后来担任中共山东省职工运动委员会书记，30年代英勇就义。此外，还有烈士王星五和王称仁的事迹。王星五原名王佐仁，习武之人，20世纪20年代初在胶济铁路机械科因带头痛打欺压工人的日本工头被开除。后到钟渊纱厂（青岛国棉六厂）当工人，传授工人拳术，带领工人奋起抗日。20世纪初，王星五在邹平路26号被捕，反动当局以"组织工会煽动风潮"的罪名，判他12年有期徒刑，关押在李村第二监狱。1930年年初解往济南监狱。冯玉祥北伐军攻占山东后，被无罪释放。后来，王星五被党组织调至北平，在北京师范大学再次被捕，1933年冬于济南监狱去世。王称仁，中共党员，曾经是钟渊纱厂（青岛国棉六厂）的工人，20世纪30年代任中共山东省委执委、职工运动委员会书记，后任中共青岛市委副书记兼组织部部长等职，后来英勇就义。这些惊心动魄的革命故事，令我们这些刚刚踏入中学校门的学生很是感动，我们决心在以后的道路上以革命先烈为榜样，走好自己的人生道路。

浮山后大队和大埠东、埠西、张村、北村等都属于中韩公社（镇），由于处在山坡，村里的地比较分散，有麦田，有果园，还有玉米、地瓜地。我们去的时候正是麦熟季节，因此跟着农民伯伯割麦子、拔麦子、拉犁、播种秋天的粮食作物、耕地是我们的主要工作。

浮山后因为是山地，土地瘠薄，成熟的麦子比较矮，所以大部分收割麦子不能用镰刀，只能用手去拔，我们当时都是13～14岁的孩子，忙活一天下来，手都起了血泡，但是我们想想王伯伯讲述的革命故事，加上当时正在学习雷锋精神，学习王杰、欧阳海等英雄人物精神，我们都没有作声，第二天又忍住痛去参加拔麦子劳动。麦子拔完了，我们又 6 个同学一组，拉犁耕地，肩膀磨破了，起了水泡，我们还咬牙坚持，我们的行动受到了学校老师和农民伯伯的表扬。

那个年代，浮山后的生活相当艰苦，农民以地瓜为主要食粮，萝卜疙瘩咸菜是农民主要的蔬菜。多少年以后，我始终念念不忘，那里曾经是我们第一次接受红色教育和锻炼的地方。

1994 年，根据《国务院关于同意山东省调整青岛市市区行政区划的批复》，将四方区的吴家村、错埠岭两个街道办事处，崂

山区李村镇的杨家群、河马石、夹岭沟 3 个行政村和中韩镇 7 号线以西的区域，高科园的浮山后、埠西两个行政村全部划为市北区。市北区政府开始对浮山后进行了改造。

先是将大陆商城、台东八路、顺兴路商圈的居民易地拆迁安置在浮山后，后来将仲家洼拆迁的部分居民安置在浮山后。当时浮山后的房价仅仅是老台东的一半，每平方米 1000 元左右。比起现在的每平方米 10000 元，是谁也不可能相信的事情。

在那时，就是插队下乡多年的我也从来不会考虑去当年下乡劳动的偏僻山乡买套住宅的。浮山后虽然通了 28 路汽车，但是，交通远不如市内方便。我有一个在 2 路电车工作的朋友，他姓窦，大家给他一个爱称："阿逗！"当他的家从顺兴路易地拆迁到浮山后，他每天乘坐 28 路到台东，确实不方便，尤其是浮山后的医院、超市、商场的配套都比较落后，那时候路还没有修好，到处挖沟、到处修路，风沙飞来，扬尘漫天。还有当时我们的家是双职工，白天上班家中没有人，安全问题也是要考虑的大事。再则我和妻子双方都有年迈的父母，老人需要经常探望和照顾。诸多原因，所以根本就没有考虑在浮山后一带买房子，也没有考虑到浮山后后来能发展得这样快。

10 年过去了，现在的浮山后和那时比，有了翻天覆地的变化。随着银川路、辽阳西路和东西快速路的建设，从浮山后无论是到市区还是到李村、城阳都有快速路和很方便的公交车，28 路、119 路、126 路、307 路、607 路、216 路、602 路、603 路、370 路等汽车将浮山后和市区、李村等周边繁华地带紧密地联系起来。大型的建材批发市场、"卜峰莲花"大型购物超市的进驻，极大地繁华了浮山后的经济，方便了浮山后居民的生活。2007

年，我跟着老年报社的赵主任参观了浮山后社区的"富华养老院"，看到这里的许多老年人生活快乐，娱乐、体育锻炼、饮食丰富多彩，真是大开眼界，我彻底改变了对浮山后的看法。

随着浮山后的开发和建设，浮山后的居住人口日益增加，加上新规划的地铁线路也将经过商圈中心，浮山后将成为集商务、商业、娱乐、文化、金融等多种功能于一体的市北新区。

看着现在的浮山后，确实感到浮山后的变化是巨大的。在浮山后的经济向荣发展的今天，浮山后人民正以崭新的面目、蓬勃的精神向未来进发！

童年的贮水山

我童年住在贮水山下的第一条街——吉林路，最大的乐趣就是每天爬贮水山，攀登贮水山的 100 磴石级，然后爬到山顶，钻进德国碉堡和小朋友做打游击的游戏，那情、那景，至今在眼前浮现。

贮水山海拔 83 米，占地 23 公顷。明朝为防倭寇入侵，曾在贮水山上建烽火台，故名烽台岭，德占时期以德国将领毛奇的名字命名"毛尔托克山"，后因在山上修贮水池而得名贮水山。

历史资料显示："一战"日德战争中，德军在贮水山配置了 88 毫米加农炮 2 门、85 毫米加农炮 3 门、105 毫米大炮 2 门。还有 6 门 12 厘米、22 门 9 厘米和 22 门 3.7 厘米的火炮部署在该地区的 12 个露天阵地上。这些火炮大部分是 1870—1871 年同法国作战的战利品。

日军攻占德军前进阵地后，迅速转入对青岛要塞的进攻。右翼队由第二十九旅团第六十七联队及部分炮兵、工兵组成，向海岸堡、贮水山炮台进攻。1914 年 11 月 6 日，日军攻占了德军中央堡垒，德军小湛山至海泊河防线崩溃。7 日，日军又向德军最后一道防线发起进攻，在炮火掩护下，日军先后占领太平山、青岛山和贮水山，德军全线崩溃。德总督迈尔瓦迪克见大势已去，命余部炸毁防御设施，在观象山上挂起白旗投降。11 月 10 日，日德双方开始谈判。16 日，日军进占市区。从此，青岛又被日本帝国主义侵占。

我们童年游戏的碉堡就是德占时期修建的碉堡。站在贮水山山顶，好像看到了战火纷飞的年代，日德两国在贮水山为了争夺青岛的利益而战斗。

日本占领青岛，把贮水山改成了"若鹤山"，又称"青岛株式观物园"，并于 1915 年在山的北面修建了一座颇具规模的日本神社。之后青岛人就称其为日本大庙，而将山名也叫成"大庙山"了。

日本人除了在贮水山山顶建立神社之外，还将山体做了统一规划。在山上遍植樱花树，修上宽大的神道和石阶，又在面对辽宁路的正门建造石牌坊。

从我家门前的吉林支路上山，是一条整齐的小路，建有牌坊、石雕，两旁有樱花树，一条小路直通大庙。大庙右侧是荷花湾，秋日，荷花红、荷叶绿、旁边红枫林如火、雪松林肃穆，好一幅图画。多少年以来，我经常在饭后和小伙伴沿着这条樱花路去寻找这幅美丽的图景。

在泰山路和吉林支路的交会处有一座贮水山的东门和几座庙舍（后为针织三厂的车间），厂子里栽满了白果树，童年的我和弟弟们经常翻墙进入厂里采摘那许多的白果。

吉林路小学老校舍也是在 40 年代抗战胜利后由庙堂改造而成的，我们经常奇怪地看着那些铁栏杆上奇怪的符号，追问老师，这是什么意思？老师也摇摇头，因为她也不知道学校的历史，那时也没有人去寻找过去的故事。

抗战胜利后，国民党政府拟将日本神社作为"忠烈祠"，纪念抗日牺牲的将士，但久受日本帝国主义统治、奴役的青岛人，群起捣毁了日本神社。在今贮水山路的斋戒堂办了一所国华中学。

中华人民共和国成立后，大庙的对面是海军俱乐部，军人的军号声、出操声、打靶声吸引我们每天都要到山上游戏。记得在20世纪50年代，我们在吉林路上小学的时候，那红色的大庙还没有拆掉，里面摆满了佛像，1958年大炼钢铁后，在吉林路小学操场矗立起许多炼铁高炉，大庙里面的铜像、铁器都被清理出来，被熔化炼成了铁锭。我们那时只有8岁，学校组织我们每天都要去很远的地方搬砖，搬两块砖走1.5千米路，一路上要休息好多次。

我们每天还要在学校对面的山坡平地，通过劳动，给学

校平出一块操场，后来，用我们辛勤劳动填平的操场做了儿童乐园，而在樱花路的旁边给了我们母校吉林路小学一块操场，至今使用。

记得在20世纪60年代中期到70年代，贮水山门前小路的那些石柱子、石头雕像都被砸倒，不知道运到哪里去了。红色的大庙成了市北中学的校舍，海军俱乐部把房子让给了青岛市少年宫。

当时到处都在响应毛主席的号召："深挖洞，广积粮，不称霸。"街道主任又动员我们这些学生去贮水山上挖防空洞。有一天，当防空洞挖到十几米深的时候，我的铁锹突然碰到铁器了，我慢慢挖下去，竟然挖出两把锈迹斑斑的日本马刀，街道主任听说后，急忙赶来把马刀要了去，并不允许我们学生挖了，而是安排挖干道的"先锋战士"去探寻地下的秘密。

大庙山1956年定名为贮水山公园，1983年改称青岛市儿童公园。园内安装了多种儿童游艺设施，山坡上布置了十二属相石雕像，苍松翠柏环绕中还有楼榭亭阁。山上曾经修筑了亚洲最高的电视铁塔，发射无线电视信号，后来随着有线电视的推广，停止使用拆除了。

许多青岛人不知道贮水山路，它虽在市中心，但在山麓上，是一条支线马路。贮水山路海拔较高，它的走向也极不规则，东端从登州路近黄台路开始，曲折而西，有一条支路通往贮水池，主路曲折而下至黄台路，新中国成立后又修一条支路曲折通到原电视塔。这时已经说不清楚贮水山路是一个什么形状的马路了。我从1963年起，每天爬山走贮水山路去登州路上学，我的学校开始在二中，后来在三十九中学（中国海洋大学附属中学），走这条路是不错的选择。

当时由辽宁路走到贮水山路是一条沙土道，现在已经铺上柏油，两旁雪松长得雄壮肃穆，旁边山坡栽有大片樱花树。贮水山路旁、少年宫的对面曾有柔道馆、滑冰场，现在已经改成大酒店。原来路口的高大牌坊已经拆除，新建的花岗岩门楼高大矗立在进山的通道两侧，百级石梯前建造了一个圆形的喷水池。

今年我们的老屋——吉林路25号大院已经拆迁，我们很难再回到贮水山这个美丽的地方居住了，只有闲暇时候再回贮水山，看看100磴石级，看看荷花湾，看看樱花路，回忆那过去的岁月和故事。

漫话海泊河

　　1900年到1910年，海泊河是胶澳（现青岛市）的分界——"护城河"，虽然没有城墙分隔，但是以海泊河一线作为市区、郊区的分界线。那时的海泊河，河水清清，两岸垂柳轻拂，青草满山坡。不远处有吴家村、杨家村、错埠岭等小村，肥沃的农田，绿色的庄稼，那时，海泊河还承担了向市区提供饮用水的任务。

　　德国侵占期间，为净化海泊河水源地水质，在河中、上游两侧栽植水源涵养林2000余亩。日本第一次侵占青岛后，又补植、新辟林地1400亩。北洋政府收回青岛后，胶澳商埠农林事务所在海泊河建东镇苗圃。可见历史上历届统治者对海泊河绿化环保的重视。

海泊河的水源主要发源于浮山北麓、太平山、错埠岭等地，是一条注入胶州湾的间歇性河流。记得在我们童年的时候，经常看到大雨后的太平山东侧，山洪从山沟倾泻而下，流进仲家洼的河道，洪水浩浩荡荡从河道向海泊河流去，现今的宝应路、北仲一路就是太平山旧河道遗址，不过现在已经成为暗渠，暗渠仍然起着重要的排水作用，它穿越南仲家洼、东仲家洼、北仲家洼、延吉路，沿洮南路南段北流，半环绕太平镇，紧依和兴路拐弯向东北流去。浮山、错埠岭的山水也是穿越现今的绍兴路、吴兴路，于连云港路口处和来自辽源路的主流汇合，如此进入海泊河，青岛人把海泊河称为市区的"母亲河"是恰如其分的。

在冬季，海泊河道中河滩裸露，但仍有潺潺细流。到了夏季，大雨过后，水位激增猛涨，很快高达河堤平面。那时，河水汹涌，翻滚着的浪花奔腾入海。记得2000年，在改造帆布厂厂

◎ 1914年的海岸堡垒（五号炮台与海泊河水源地）

区的施工中，我们发现了太平山上下来的暗渠，水势很大，暗渠用水泥灌注，穿过延安三路地下，直通宝应路的河道。

新中国成立后，为了发展经济，海泊河两岸开办了许多工厂，从东吴家村的电冰柜厂、沙发厂、日用化工厂、建材一厂、钢球厂、圆珠笔厂，到吴家村污染严重的人民印刷厂、人民造纸厂、电镀厂、四方橡胶制品厂，还有模型厂、环境卫生修理厂、第二丝织厂、压铸厂、水箱厂等工厂。这些工厂排放的污水散发

着难闻的臭气向大海流去。遇上阴雨天，海泊河两岸的居民根本没有办法开窗，就是关窗也阻挡不住那海泊河污水的阵阵臭气。正像许多诗人所写的那样："散发着毒气的污水流进妈妈的港湾，我们的母亲河、海泊河在哭泣！"

从 20 世纪 50 年代到 90 年代，在海泊河流域，青岛市人民政府多次发动植树造林运动，使海泊河下游的林地初具规模。1952 年，以海泊河畔的阳本染织厂为主捐资建设公园，始称"阳本公园"。自 1956 年至 80 年代，青岛市人民政府多次对公园进行建设，先后建成了温室、长廊、动物笼舍、厕所等设施，以及露天剧场的化妆室、演员宿舍和多种大型儿童游乐玩具。因文化活动的主题相对突出，自 1984 年更名为海泊河"文化公园"。

1957 年，青岛市对公园进行建设，在康宁路建大门垛，定名为"海泊河公园"，由青岛的清末秀才赵泮馨题写园名并刻石。主要建设项目有面积为 100 平方米的长廊 1 处、260 余平方米的温室 1 处，园内添设了石桌、石凳。60 年代建动物笼舍 1 座，展有猴和孔雀。70 年代建成溜冰场、办公楼及职工更衣室、伙房等附属设施，以及建起园林小品"收租院"。80 年代修复长廊，增建更衣室、洗澡间、托儿所、仓库等附属设施，装配多种大型儿童玩具、建成露天剧场的化妆室、演员宿舍等。

海泊河是青岛市一道美丽的风景线，海泊河污染的治理工程在1999年拉开序幕，2001年10月，海泊河中水回用工程完工并投入使用，昔日的臭水沟变成了风景河，两岸加大绿化，使海泊河焕发了活力，真正成为市民休闲、娱乐的好地方。

在仲家洼、太平镇、吴家村，各地方政府、办事处整治海泊河的工程也全面打响，仲家洼的里院没有了，河道变成了暗渠，北仲和太平镇的平房变成了高楼，河道变成了享誉全市的体育街。

仲家洼、太平镇、吴家村等海泊河流域的房子升值了，人们奔走相告、欢呼雀跃，看两岸"最美夕阳""白领会所""永浴爱河""青春港湾""民心桥""美食舰队"把一条古老的河赋予了新的生命。

海泊河在流淌，海泊河在欢笑。海泊河见证了青岛的百年历史，海泊河在今天焕发了活力！

话说青岛的小鲍岛

　　在 1897 年德军侵占青岛以前，小鲍岛只不过是青岛的一个渔村码头，那时的码头海岸线就在青海路附近，随着德国军对城市的规划、设计和开发，以及后来的日本侵略者对青岛长期侵占时许多日本侨民的迁入，海岸线逐渐向北推移，居民宅不断增多，其中大鲍岛村由于烧窑和城市开发建设，许多大鲍岛村的居民也被迁移安置到小鲍岛，时代的变迁，侵略者的涉入，把小鲍岛村变成了以普通住宅区和日本建筑风格为主的居民区。

　　在我的记忆中，20 世纪 50 年代的小鲍岛是很繁华的，繁华商业区从热河路下行至辽宁路，形成多路口交界，辽宁路、德平路、黄台路、乐陵路均互相横穿直达华阳路。

　　岛城最古老的邮电局、工商银行、扬州饭店、新时代理发店、开朗绸布店、新华书店、国营食品店、市北交电、开明照相馆、敬成文具店、土产杂品店、胶东文具店、天祥茶庄、健康药房、第六百货商店、市北五金店、市北化工商店、万盛和食品店、市北区医院等构成了小鲍岛辽宁路的全部商业风景。

　　辽宁路南面的锦州路在 20 年代到 40 年代却也是繁华区域，临街的许多门头，标志着当年的兴旺，红光电影院原来是胜利电

影院，是我小时候最神往的地方，尽管看一场电影只要 5 分钱，但是对于我们这些穷孩子来说也是天文数字。在胜利电影院门口两侧的连环画摊点上看几本连环画是童年最普遍的消费了！在区政府的几次改造中，旧时的锦州路消失了，取而代之的是一座座高楼大厦！

那时的益都路和桓台路也是繁华区域，那里菜店、果品店、饭店、粮店、土产店等商业网点密集，新华浴池是青岛市有名的百年老店，博兴路菜市场历史悠久，桓台路菜店和益都路菜店在 50 年代计划经济时期可是政府发放计划物资食品的主要供应点。

青岛的老年人知道，小鲍岛的建筑风格基本是 3 楼和 2 楼，小鲍岛的大院都有一个门洞，大都光线昏暗。一些日本老房子建成奇异的棱角形状。门洞都是巨大的圆拱状，这种如同陕北窑洞的圆拱状，很有特色。在辽宁路和锦州路的门洞尽处都有一影壁墙，水泥楼梯上有铁栏杆，一楼有公共厕所，电线纠缠在院落上方。楼梯的铁栏杆都已严重锈蚀，小鲍岛的院落多是如此。

这里居住的人们都有得天独厚的生活条件和极其方便的优势条件，每天可以攀登贮水山，呼吸那新鲜的空气，我的童年时代几乎天天在山上奔跑游戏，山前、山后和顶峰的那些德国碉堡、地堡都成了我们游戏的胜地。

市北区政府从 80 年代开始对小鲍岛进行改造，首先是科技街的改造，从青岛医学院黄台路教学区的外面就可见科技广场高楼大厦巍然屹立，衬托着大楼后面那葱葱绿绿的大庙山，真乃壮观一景，锦州路的西段已经消失了，锦州路车站和洋车的停放车点的遗迹也没有了，当年老舍在青岛写"骆驼祥子"、在锦州路寻找洋车夫体验生活的风景大概无人能记得，只有在电影镜头上寻找那种感觉了。我想：几年后，锦州路将全部消失，这里的历史的故事只有到文字记载的书上去领会寻找了！

小鲍岛的另一条著名街道也即将消失，它就是益都路，那里曾经享誉全市的桓台路菜店和益都路菜店、桓台路饭店、新华浴池都已经消失了，取而代之的是中新商厦、颐高数码科技大厦等高科技大厦，成为青岛市科技文化中心的一部分。

小鲍岛的东段从青岛印刷厂开始，针织三厂、植物油厂、球拍厂、锯材二厂、印染厂、丝织厂、公交公司电车厂、同泰橡胶厂、酿造公司、面粉厂十几家工厂分布在辽宁路的东部。随着改革开放的步伐，这些厂基本已经消失，在原厂址拔地而起了许多高楼大厦和现代化的花园小区。

从 1897 年到 2012 年，整整 115 年的时间，原来小鲍岛村的遗迹基本没有了，但是小鲍岛村吃水的井却还在，那水至今清澈甘甜。记得在 20 世纪 70 年代，有一年青岛大旱，我们大院的自来水每户供应 30 斤，院子里的井早已经干枯，吃还是可以，洗衣服直接没有水。那时，我们院子有一个 80 多岁的老瓦匠，姓盖，莱阳人，据他说，我们院子里的房子和辽宁路周围的房子就是他和父亲一起盖的，当时，还没有自来水的时候，他们用的水、喝的水全部是从小鲍岛村里村民饮用的井里取的水，那井里的水泉眼很旺盛，将近 100 年来，从没有干枯过。那泉水的水脉来自贮水山，我们吉林路 25 号大院虽然也有一口井，但是在 70 年代天旱的时候早已经干枯，只见井底布满了红色的花岗岩。经过他的指点，我们找到了那口井，井口盖的大铁古力盖很厚，上面有德文字母，当我用长长的绳子取上第一桶水的时候，只感到地下清泉翻动，泉眼水流外涌。那桶水清澈见底，我们的邻居欢呼起来，周围的群众也来了。我们就是靠小鲍岛村遗留下的老井度过了旱季，据我们的老邻居盖大爷说，小鲍岛村还有几眼好井，现在的水质都很好。根据他说的方位，我去寻找了一下，果然，那些百年老井还在，厚厚的古力盖子，默默无言的老井，只不过没有人再去使用它们了。

多少年过去了，小鲍岛变了，辽宁路变了，变得我都要不认识了，根据青岛市市北区政府的规划，在两年内老楼全部拆除干净，取而代之的全部是高楼大厦。祝愿小鲍岛在今后的道路上发展得更美好！

话说青岛劈柴院

　　说起劈柴院的历史，得从青岛的建制之初谈起。1973年我从农村返回青岛，在中山路的服务业工作了20年，接触了许多从十几岁就来青岛学徒从事服务工作的老人，他们谈起中山路的劈柴院，总是眉飞色舞，好像带有无限的怀念和感慨。

　　1897年德国侵略者侵占青岛，就开始从国内抽调许多建筑规划工程师来青岛勘测、规划布局，1898年开始了城市大规模基础建设，水泥、砖瓦用军舰和轮船从德国国内长途运输成本太高，便开始计划在青岛制作砖瓦和水泥等建材用品。

　　德国捷成洋行成立于1895年，它在德国人侵占青岛之前，就在香港设有一家"分号"，主要业务是"货运代理"，之后转变成进出口贸易公司。1897年，德国占领胶澳以后，捷成洋行也是最早将生意做到咱胶澳的公司之一，其贸易范围主要是租借地往来航线、代理邮政等。1899年，随着胶澳德国当局开始大规模基础建设，捷成洋行抓住这一时机，投资建立了一家规模很大的"砖瓦厂"，开始大量生产德国标准砖瓦，并统一打上"DIEDERICHSENJEBSEN & Co. TSINGTAU"的德文标记，这也是咱岛城这些年屡次考古挖出的砖瓦上，都有此德文标记的原因。

　　大鲍岛村村北有一小村落叫孟家沟，在这里居住的村民多姓孟，村头有一条大沟。德国当局在 1901 年，就像收购汇泉村一样，整体收购了孟家沟，并将这条大沟挖山填埋，将土地拍卖给捷成洋行，而后者就在此建立了"砖瓦厂"。这就是"大窑沟"的由来。

由于当时青岛的建设很快，需要大量的砖瓦，而德国人的窑厂每天都需要大量的木柴，因此，江宁路到河北路、天津路到北京路自然形成一个买卖劈柴的市场。1902 年，德国人对该市场进行了规划修建，劈柴院的建筑也应该是和华人区中的其他四合院建筑同时建设，但因集市商贩习惯聚集于此，"劈柴"商人仍在江宁路买卖，据说劈柴院的 10 号院在改为戏园子之前，一直就是个卖劈柴的院子，由于卖劈柴的生意渐好，劈柴市由五天一集改成天天卖劈柴的长摊。70 年代，我在中山路工作，听三新楼 30 年代就在店里工作的张殿臣老师傅说，那里的劈柴很有名，四乡郊区的农民把虎口长整齐的劈柴一捆一捆地码成垛，夜间运到院内，白天进行交易，买者讲好价钱，卖者用扁担挑着送到买者家门或者店铺。

随着时间的推移，大窑沟结束了为城市烧砖瓦的使命，整个孟家沟被纳入德国人的城市规划，而烧砖瓦的窑厂搬到大窑、小窑一带，劈柴院的柴火需求量减少，院子许多柴火点也改成了经营小吃的铺面和饭店、戏院等娱乐消费场所。

礼贤中学和崇德中学的语文老师刘筠是 30 年代的著名诗人，在 1923 年被礼贤中学招聘，只身一人从诸城来到青岛，1939 年写就《青岛百吟》。在刘筠的诗集《青岛百吟》中，有这样一段注释："劈柴院近中山路，最繁闹之区。院内皆劈柴架屋，故名。贵人不屑一顾，然房租轻而价廉，穷措大得往来其中焉。"这就

是说，劈柴院是当时为了销售柴火，在里面盖了许多临时的商用"劈柴屋"而得名的。这些"劈柴屋"为一些老青岛人所熟知，大多是一些随意搭建的破板房，低矮潮湿。后来经过改造，也只是一些二层土楼和一层砖瓦房，院子内开办了许多小饭铺，形成当时青岛闻名的小吃街。这些饮食店在新中国成立后的 50 年代公私合营时划归青岛市南区饮食服务公司，60—80 年代主要经营大众饭菜，失去了劈柴院的特色饮食，80 年代改革开放后青岛饮食服务公司恢复老字号，开始恢复了特色饭店。

二三十年代，江宁路的酒馆、饭店，除有元惠堂、李家饺子楼、李家馄饨馆、张家坛子肉、排骨米饭等形成规模外，多数是一些不起眼儿的小饭铺、糖果店、书场。北街则是卖熟肉的，有德州扒鸡、福山烧鸡、南肚、酱肝等。论小吃，这里的锅饼、炉包、馄饨和豆腐脑最有名，也最抢手。市民们来逛劈柴院，都是一边买着一边吃，一边吃着一边逛，听三新楼的老师傅安为滋讲，许多洗澡的顾客洗澡到了中午，打发伙计到劈柴院买回中意的小吃和事先预订的可口的饭菜，到中午时分，那饭铺的伙计提着食盒去澡堂送饭也是一道风景。

在那个年代，劈柴院也好似娱乐大院，有变戏法的、演杂技的，还有一家电影院叫大光明，周围有永安、共乐几家茶社。当时的名人——"戏法大王"王鼎臣，外号"王傻子"——在此演过，著名演员新凤霞在南村路的金城大剧院演出空闲时，还独自跑来为"王傻子"帮工。还有相声演员马三立、评书演员葛兆洪、山东快书演员高元钧、曲艺世家刘泰清等，也都在这里登台演出过。那时劈柴院的繁华和热闹是出了名的，许多游客和商家贵人来青岛必须来中山路，来中山路必须到劈柴院品尝那青岛小吃和

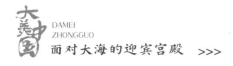

享受那青岛的民俗风情！

劈柴院共分 10 个特色院，如 4 号院有小百货、旧书店、文具店、杂货店、旧古董店，8 号院和 10 号院是娱乐场所，曾是青岛平民娱乐中心。这里有一家大光明电影院，虽然只有 100 多个座位，却演出了许多地方戏和平民喜欢的剧种。劈柴院有鲜艳茶社、永安茶社、共乐茶社等几家茶社，如共乐茶社曾有歌女（演员）达 23 人。此处有苗心诚说书场等曲艺场，还有当时流行的皮影戏，露天评书场让这里热闹非凡。

青岛的中山路是一条有着百年历史、闻名全国的商业街，曾经是青岛的"名片"，也可以说是青岛商业的"母脉"，而劈柴院也就是中山路上的特色院。记得在 80 年代，我的好友孙世民担任了元惠堂的经理，张国章担任谷香村的经理，董书山担任乐口福的经理，董忠是天府酒家的经理，他们都是青岛饮食服务公司在中山路一条街恢复特色饮食酒店的开拓者，为恢复青岛老店的饮食特色风味而做出了贡献！

自 80 年代以来，随着青岛快速发展，青岛许多小吃街应运

而生，台东八路的万佳广场美食一条街、云霄路小吃街、青岛天幕城、青岛美食舰队、登州路啤酒一条街、常宁路啤酒街、泰山路烧烤街等取代了劈柴院美食街的地位，但是，劈柴院美食特色街的历史却仍然铭记在老一辈人的心中！

榉林山下有条河

　　榉林山下有条小河，发源于太平山（榉林山），穿越延安路办事处、宁夏路办事处、北仲办事处到达海泊河，上百年以来，河水由清澈变混浊，由混浊到消失，演绎了两岸人民生生不息、繁衍文明的一个个美丽动人的故事。

　　据台东的许多老人回忆：当时的南山（榉林山）很荒凉，山上经常有野狼出没，一下大雨，山水倾泻而下，经海泊河入海。当时还没有台东一路到台东八路，只有村落的名字。就在现在的台东三路到台东一路，威海路到延安三路中间，曾经有一个很大的水湾，山水源源不断流淌，后来由于章高元设防，为了调兵方便，便派人修路，疏通山水、河道，山水改道进入了海泊河。大水湾没有水源就逐渐干枯了，形成了现在的居民区。河水流经仲家洼、太平镇进入海泊河。还有一条河经过延安路、昌乐路、青海路入海。

　　1898 年，德军登陆青岛，从国内选调了许多城市规划人才，规划了青岛市的行政区、商业区、棋盘式的居民区，对道路和几条河流都做了规划，那时候的小河水清清，两岸垂柳轻扬，杨家村、扫帚村、仲家洼村、太平镇、海泊村的居民都在河的两岸种菜、种田，那水用来灌溉，饮用格外甜美。为了保护水源，德国人在源头榉林山上设了部分暗渠，那无数股泉水顺着暗渠和山坡的沟洼流进重新规划的小河。（1995 年开始在改造帆布厂的时候就发现暗渠，那水流还是很大，清澈甘甜）转眼间将近百年过去，小河经历了多次战火，开始变得混浊了。

后来，在时代的发展中，为了发展经济，人们在小河的两岸开设了许多工厂，把污水排进那清澈的小河里，小河变浑了，哭泣了。让我们从榉林山的源头开始看：延安三路的女士香槟厂、工具二厂、台东纸制品厂、帆布厂、蓄电池厂、钢板弹簧厂、锚链厂、空压机厂、手表厂、刺绣厂、台东豆腐社、内燃机厂、床单厂、模型厂、压铸厂、水箱厂、电镀厂、铝制品厂、自行车链条厂、第三染织厂等二十多家工厂，这些工厂的污水、电镀的毒水都流进小河里。小河变成了一条臭水沟。

小河经过仲家洼、太平镇居民区，居民的污水

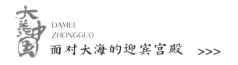

也排在小河，河水变成了黑色，河床到处都是淤泥，到处都是发出难闻气味的沼气，人们在叹息，小河在哭泣。

仲家洼、太平镇在没有改造前多为窄窄的土路，长长的小巷，大风吹来，沙土漫天，逢下雨天，泥泞不堪，若穿布底鞋行走，黑色的黏泥常黏掉鞋子。大雨过后，到处是水洼，居民住的多是低矮窄小的平房，下雨天漏水和进水是经常的事情，公用厕所多在路边或设在院内，接上根管子，直接排到小河里，环境卫生状况极差，厕所内蚊蝇滋生，恶臭难闻。

20 世纪 90 年代，区政府开始了对小河两岸的改造，台东房地产率先打响了改造仲家洼的战役。天泰、中房、海信、颐中、金帆、青城、新兴、顺发等十几家房地产公司陆续开进仲家洼、太平镇、延安三路，那些往小河里排毒水工厂停产、迁移，小河的水开始清澈了。

在区政府的规划下，小河变成了一条暗河，上游的河面变成了宽阔的街道——洁净的宝应路，和第一流的小区——天泰阳光地带、云溪小区，"天赐良园""东仲花园""和平花园""海信花园""都市春天花园"等小区、集美小学、皮卡丘幼稚园，取代了仲家洼那低矮的破旧平房，显得格外整洁和静谧。

2007 年 4 月，市北区政府投资将北仲河道进行了全程覆盖，仅用三个多月时间，河道进入了地下，从根本上解决了脏乱臭的问题。将原第三染织厂外通往太平镇的一条臭水明沟改造建成了一条全国闻名的体育街。

小河两岸破旧的平房找不到了，坑坑洼洼的路面变成柏油大道，原小河两旁的楼房进行了立面粉刷，小型广场建起来了，覆盖后的河面上建起了足球式垃圾箱、运动休闲座椅、帆船式路灯，还沿街设置了六盏奥运祥云火炬观赏灯，"中国印""五月风""帆船之都"、NBA 标志以及各式宣传广告灯箱，不一而足，让你切身感受到全汁全味的体育王国的文化内涵。

我的同学跟着他舅舅仲崇光从美国归来，他是老仲家洼人，怎么也找不到他原来老宅的位置，因为他的老宅离河边很近，房屋拆迁的时候他没有在国内，他也没有找到小河，没有找到那些老邻居。因为这里变了，变成一片大花园了！

榉林山下小河变成了暗河，只有在榉林山的上游和海泊河的入口还有小河的影子，只有我们的文字写成的书还在诉说着小河兴衰的历史。

青岛的德国宫殿——迎宾馆

　　最早接触位于龙江路的德国宫殿是在 1963 年，那时候刚上中学，每天翻越贮水山，走龙山路、龙口路到位于海边太平路的二中上课，在下午经常有两节自由活动课，我就跟着班里大一点的同学去海边挖蛤蜊，去信号山钻山洞，那时，看到了位于风景如画的信号山南麓的半山坡上的迎宾馆。它是那样的富丽堂皇，门口站着荷枪实弹的警卫，巡逻的解放军不时地出现在红色的墙边，太神秘了，那是什么地方？好多调皮的同学翻墙进去，但是被警卫人员不客气地赶了出来，直到 1966 年才弄明白这个宫殿的许多秘密！

　　那还是柬埔寨的西哈努克亲王访问青岛，我们学校的同学被安排在迎宾馆大门旁边的道路上列队欢迎，看到了这神秘的宫殿，开始听说它的故事。

　　青岛开埠时，章高元在青岛设防，因为青岛港建港后，山上建有信号旗台，专为船舶进出港传递信号，故名"信号山"，又称"挂旗山"。1897 年德占青岛，在山上修筑堡垒、炮台，将山名改为"棣利斯山"。后来，日军侵占青岛后，把山名更名"神尾山"。1922 年，青岛收回后，此山遂定名为"信号山"。

　　德国侵占青岛，第一任总督托尔柏尔到处选址修筑建造他的

行宫——"提督楼"。看到这里面朝大海，地势优越，便从国内选派最优秀的德国建筑师拉查鲁维茨设计，1903年开始修建，1908年竣工，历时近6年。传说德国设计师按照德国柏林皇宫的建筑图纸，原样仿造建立了总督官邸。该楼建造费用过大，达到了近100万马克。消息传到国内，全国哗然，托尔柏尔被德国议会弹劾下台。

据说，1908年，这一栋德国总督官邸竣工这年10月20日，时任清王朝巡抚的袁世凯来青岛访问，总督托尔柏尔到车站迎接，袁世凯到官邸拜会，豪华的"提督楼"给他留下了深刻印象。1913年，袁世凯就任大总统后，他还在一次宴会上盛赞青岛的德国总督官邸，他扬言要在北京天安门一带建造一座同样的欧式建筑作为大总统官邸。

1909年4月，托尔柏尔被免职，继任的胶澳代理总督麦尔·瓦德克偕同妻子、儿女住进了这座豪宅。

　　1914年，日本和英国联军向青岛发起攻击，经过了激烈的战斗，驻青德军战败，麦尔·瓦德克代表德军投降，黯然地离开了这座官邸，全家被遣送回国。

　　1914年11月起，这座"提督楼"先后成为日本青岛守备军历任司令的公馆。

　　1919年，五四运动掀起了收回青岛主权的斗争高潮，1922年12月，青岛回到了祖国的怀抱。进入北洋军阀政府统治时期，本市政权机关当时称为"胶澳商埠督办公署"，这栋楼遂先后成为督办熊炳琦、高洪恩、王翰章、温树德、赵琪的官邸。

　　1925年，时任海疆防御总司令、胶东镇守使的毕庶澄进驻青岛，这里成了他的住宅。1929年国民党执政后，提督楼先后成为青岛接受公署专员赵中孚、青岛市代理市长吴思豫、青岛特别市市长马福祥、青岛特别市市长葛敬恩、青岛市市长胡若愚的官邸。

1931 年 12 月，沈鸿烈任市长后，不再入住此处，这里仅作市政府接待宾客之用。1934 年，这座美丽的德国建筑被青岛市政府命名为"迎宾馆"。

1935 年夏天，宋美龄和宋子文等国民党要员乘坐"美龄"号专机在青岛机场降落，被安排至迎宾馆下榻。

20 世纪 30 年代，山东省主席韩复榘常来青岛"视察"，沈鸿烈将韩复榘安排在他喜欢的这座迎宾馆居住。

1940 年年初，汪精卫、梁鸿志、王克敏等人集聚青岛，在这里开了一个所谓的"历史性"的"三巨头"会议，商讨将三股汉奸势力撮合到一起，成立一个统一的傀儡政府。

1941 年 12 月，日军偷袭珍珠港，日本公开同英美宣战。青岛中山路 1 号的"国际俱乐部"被收为军用，"国际俱乐部"迁至迎宾馆。

抗战胜利后，"国际俱乐部"迁回中山路，这里仍做迎宾馆，国民党当局蒋经国等人来青岛就下榻在这里。

1949 年 6 月 2 日青岛解放，迎宾馆回到了人民的怀抱，这里作为接待贵宾下榻之处。实际上除了夏季开办过夏令营外，直到 1957 年，迎宾馆都没有接待过贵宾。1957 年夏，迎宾馆又重披新装，焕然一新，迎接中华人民共和国主席毛泽东。

这是老一辈留下的历史文字记录，在我的印象中，迎宾馆接待外国的国家元首是非常隆重的，那时的市政府在从飞机场到迎宾馆所有的街道全部安排了欢迎的学生，我们手举着鲜花、小红

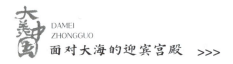
旗早早地就列队在路边翘首远望，直到听到车队警车的轰鸣，我们就开始跳跃，高呼：欢迎、欢迎、热烈欢迎！我们都整齐地站在马路边，忘记了吃饭，只想看看这神秘人物，完成欢迎他们的任务。

多少年过去了，迎宾馆还是英姿勃发地矗立在南麓的半山坡上，表面上还是那么神秘，但是现在已经对外开放，成了接待世界各地游客的高档宾馆，默默地为人民做出它应有的贡献！

难忘大港火车站

　　我上小学三年级就开始与火车打交道了，那是 1960 年我父亲在城阳上班的时候。当时我国遇到了 3 年自然灾害，没有粮食吃，就吃野菜，山上的野菜和树叶都被吃光了，我就在暑假期间每天跟着父亲去城阳上班，晚上下班，跨过大港火车站的低矮围墙栏杆，爬上那人们俗称"马笼子"的职工接送车。"马笼子"车厢里没有座位，没有窗户，只有一些拴绳子用的把手，一扇大门有二三米宽。上车时一般开得都比较小，人们扶着门框和门边上的两个把手爬上那一米来高的车厢会比较省事，如果门开大了一点，仅拉着门框的一个把手，这个高度除了年轻力壮的小伙，很多人都只能望"门"兴叹。停车时间也就几分钟，我们拼命地往上爬，人很多，我当时个子矮，父亲把我拼命向

车上推。好不容易上了车，人们都在拥挤的车厢内站着，有的日子人少，可以找个纸壳类的一垫，坐在车厢的一个角落里。据说，当时接送职工上下班的车是运牲畜淘汰下来的。

我再次和大港火车站打交道是在潍坊插队下乡的知青年代。那天，车站张灯结彩，红旗招展，市北区政府、辽宁路街道办事处就是在大港火车站把我们送上了去农村插队的火车。由于家庭困难，父亲母亲没有钱给我们买到青岛探亲的往返车票，所以，每年翻越大港火车站的栅栏爬火车是最经济有效的办法。当时，幸亏大港火车站没有加高围墙，不然，我们这些老知青想回家看妈妈也不容易。

随着年龄的增长和时代的发展，几十年过去了，马笼子火车没有了，绿皮火车也没有了，动车组提速了，这时，我才了解到所有的火车均不在此站停靠了，铁道两旁矗立着高高的护板，几乎看不到通行列车的颜色。曾经的火车站现在成了青岛火车站内部订票的办公楼。

我了解到，位于商河路2号的大港火车站竟然是青岛最早的火车站之一，我不由得对这座极为普通的建筑物肃然起敬！

原来，1899年秋，胶济铁路兴建之始，大港火车站便也同时开始兴建，规模不大的车站随后建成，在1901年更大规模的新青岛火车站建成之前，这座邻近港区的火车站承担了最初的始发站使命。

那时，大港火车站所处的位置无疑是不可替代的。正在兴建的现代化深水港口，使这个火车站成为市区中远比栈桥新火车站更重要的铁路车站。依照以港口、铁路和商业区为重点的1898年青岛城市规划初稿，以"德国在远东的军事基地和港口贸易城

市"为城市定位的管理当局试图沿胶州湾东岸、城市的西边缘修
筑铁路,路港相连,以利在租借地内推行自由港制度。1910 年,
这一规划的扩张计划依然以港口和铁路为城市布局的依托,要求
沿胶济铁路两侧自南向北带状展开,并以大港为中心,形成港
口、仓储和货物集散枢纽区。

在 1922 年出版的《青岛概要》地图上,大港火车站附近的
普集路一块地段上明确标有"青岛车站预留地"字样,这表明,
依据规划,胶济铁路的青岛中心车站始终在这一区域。在 1935
年 1 月,青岛工务局完成的《青岛施行都市计划方案初稿》中,
则明确:城市交通体系以大港为中心,大港车站为总火车站,并
在胶州城东平原规划综合车站,而邻近栈桥的青岛火车站则为单

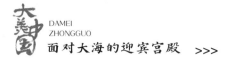
纯的铁路客运车站。

　　大港火车站站房为砖石木结构，地上三层，包括阁楼，另有地下室，建筑面积978平方米，最初设站长室、行车室、售票房、候车室、行包房等。楼内有木制旋转楼梯，红漆地板，拱形门窗。块石砌筑的两个主门被设计得很大，很有些像城门，成为建筑中最为突出的部分。两门之上，是一个很大的阶形山花，上开竖窗，这一颇有些喜剧性的设计使整个车站的表情既快乐，又轻松，活脱一个被自家酿的啤酒喂得过饱的纯朴农夫形象。在楼的北面屋檐下，设有德制铸花式双面候车钟表。

　　大港火车站这座建筑与其他1899年的历史建筑，已经经历了一百多年的风风雨雨，至今还傲然屹立，它在向我们诉说着青岛的历史，诉说着昨天在这里发生的故事。

青岛海水浴场的变迁

　　在青岛民俗馆，我们看到了一个老式的木制海水浴场更衣室，引起我许多回忆。我在 1972 年插队回到青岛分配到商业饮食服务公司工作，当时青岛饮食服务公司在第一海水浴场有七处更衣室(四方浴池 1 处，玉生池 2 处，建新池 1 处，新华楼 1 处，永新池 1 处，市饮食服务公司机关 1 处)，在第六海水浴场（栈桥）有建新浴池 1 处更衣室，在四方海水浴场有四方浴池 1 处更衣室，在沧口海水浴场有沧口浴池 1 处更衣室。每年的夏天由于洗热水澡的人变少了，我们服务业的工人便开始和海水浴场更衣

室打起交道，也就是靠这样的木制更衣室为全青岛市的居民做好洗海澡的服务工作。

根据史料记载：第一海水浴场位于汇泉湾，又称汇泉海水浴场。1900年青岛市第一个城市规划中，将此处规划为海水浴场。1902年，首批专程来青岛旅游避暑的外地游客大多数时间就在此处游泳，在沙滩上搭建了30余座更衣室。1903年，建设海水浴场，并陆续在附近开设饭店、旅馆、歌舞厅、酒吧、咖啡馆等娱乐休憩场所。此后，第一海水浴场一直是暑季中外地游客盛聚之处，驰名东亚。20世纪20年代，每年8月在此举办祭海节，陆续增设浮台、跳台、舢板等设备，并完善了抢险和救生措施。20世纪30年代中期，浴场分男女两部大规模建起更衣室，并设饭店、冷饮室、咖啡厅等服务娱乐设施，入浴者日达上万余人次。日本第二次统治青岛末期，曾拆除浴场更衣室，修筑工事使海水浴场受到破坏。日本投降后，浴场更衣室一度增至 300 多间,十分杂乱、简陋,后遭台风袭击,破烂不堪。

新中国成立后,人民政府多次修建翻新更衣室。20 世纪 50 年代初,增设防鲨网,新建两座跳台,更衣室增至 500 多间。20 世纪 60 年代又进行局部改造。1984 年,青岛市人民政府对汇泉海水浴场进行大规模改建,总建筑面积扩展到 20000 平方米,新建造型各异、新颖别致、色彩斑斓的单体建筑有 63 座,更衣室面积扩大 1 倍多,沙滩面积扩大到 2.4 公顷,增设了 17 多米高的瞭望塔、大型彩色壁画和雕塑小品,一时成为受市民和游客瞩目的景观。

第一海水浴场沙平面广,无暗礁隐壑及旋涡,沙滩长约 580 米,至防鲨网水面宽 380 余米。高峰时,每天可接纳 25 ~ 30 万人入浴,最高时日游客接待量曾达 35 万人次。

第二海水浴场(又称太平角海水浴场)、第三海水浴场、第六海水浴场(又称栈桥海水浴场)。在崂山区有石老人和仰口海水浴场,这两个浴场无论是水质还是规模都优于市区的浴场。另外,还有黄岛的金沙滩和银沙滩以及胶南的海水浴场,这些浴场由于远离市区,因此入浴者不多。

第四海水浴场就是四方海水浴场,第五海水浴场是沧口海水浴场。

第四方海水浴场,位于胶州湾内海泊河入海口处北侧,其面积较为狭小。第五海水浴场,亦称沧口海水浴场,位于胶州湾内国棉六厂西墙外,青岛磷肥厂的旁边,背靠胶济铁路。曾经的胶州湾碧波荡漾,水质清澈良好,第四和第五海水浴场也如今天岛城其他的几个浴场一样美丽。可自从新中国成立以后,在胶州湾的东岸,也就是现在的后海区域,一大批重工业工厂建立起来,其中包括青岛钢厂、青岛碱厂、青岛造船厂、磷肥厂和几个规模

较大的国营棉纺织厂。在当时，人们的环保意识不比现在，因此这些工厂的许多废水、废渣和白泥（碱业生产遗留的废弃物）都未经处理地直接排放到了工厂附近的胶州湾里，造成了胶州湾水质的污染，再加上胶州湾与黄海相通的湾口十分狭窄，因此其自净能力很低，被污染的海水不能及时与湾外的洁净海水进行对流和交换，时间一长，第四和第五海水浴场原本金色的沙滩就变成了黑乎乎的污泥，水质也不适宜人们游泳了，因此这两个浴场便被逐渐荒废，渐渐地从青岛人的视野和记忆中消失了。现在的第一海水浴场已经成为亚洲最大的国际海水浴场，随着胶州湾地区企业环保整改的改善，消失的四方海水浴场和沧口海水浴场也将回到青岛人民的身边！

侵略者在青岛市北的印痕

　　生在青岛，长在市北的人，对市北的山山水水、一草一木、每一条道路都很熟悉，对市北的每一个山头都很熟悉，当然，对历史遗留在每一个山头的古代军事设施也是了如指掌。

　　贮水山（马鞍山）就有碉堡，有炮台，也有烽火台。什么叫作烽火台，烽火台是做什么用的呢？炮台有什么作用，在青岛市和市北区又有多少处呢？

　　根据资料记载和专家整理，在青岛市历史上就有好多的战争遗迹，最早的是在胶南的战国时期的齐长城和烽火台。

　　烽火台又被称为烟墩、放烟台，是古代人们发现敌人入侵，便点燃烟火用来报警的一种军事防御设施，是最古老但行之有效的土电报。我国远在周代就有了用烽火传递信息的方法，那时边境各线上以及从边境到国都，每隔一段距离就筑起一座烽火台，内储柴草。遇有敌情发生，则白天施烟、夜间点火。台台相连接，传递警讯。秦始皇当年修筑的万里长城至今还傲然屹立，现在，我们青岛的齐长城也已经修复起一部分，上面有许多烽火台，可以供人们参观、拍照，研究当年的历史！

　　其实，在我们国家沿海地区这种烽火台是很多的，只是这座因为与"烟台"得名有关，而被人格外重视罢了。大家知道，明朝的开国皇帝朱元璋是"马上得天下"的，所以非常重视国防建设，在全国的要冲之地遍设卫所，沿海要地自然也建立了卫、所、营、寨的防御体系。我国的海防是在明代才形成完整的纵深组合，海上有水师营巡逻，海岸有预警系统，沿海有重兵驻守，并可随时机动。烽火台就是"预警系统"的组成部分。紧邻大海的青岛和崂山地区在明代以前没有什么海防设施，自明朝洪武年间起，中国沿海从南到北不断受到来自海上的倭寇侵袭，这些强盗烧杀掳掠无恶不作，各地官府纷纷奏折上报，明洪武三十一年（1398年）青岛地区开始修建了许多烽火台，崂山和即墨地区的暂且不说，单现在市内的烽火台就有许多，有的遗迹尚存。

　　青岛属于海滨丘陵城市，山头比较多，在青岛市区就有大山、双山、孤山、榉林山、贮水山、错埠岭等，在山顶最高处修筑有一处3米多高的圆锥形土台，中间约有30厘米的凹陷，像一个大火盆，表面形状看起来有点像火山口，用来放火放烟，那就是最原始的烽火台。

　　根据历史记载：烽火台的制作和修筑长城一样，是用糯米粥、黏土和碎石子层层夯砌而成，采用这种工艺和建筑材料，价格低廉而且材料容易筹集，但建起的建筑却非常坚固结实，能历经几百年的风雨却不坍塌，显示了古代劳动人民的聪明智慧。

　　青岛老市区的烽火台从建设流传至今约有 700 年的历史了，老市北的贮水山烽火台，位于市北区北部，此山原来也叫马鞍山，海拔 83 米的东峰与海拔 73 米的西峰远看状如马鞍，故而得名。明代在马鞍山上建立烽火台，从此也叫烽台岭。1914 年，日德在山东开战，日本胜利。日本取代德国，在山上建了日本神社，即日本大庙，俗称大庙山。从地理角度看，贮水山一直是战略要地，现在大庙没有了，只有百级楼梯尚存。

　　在市北区东北部，有错埠岭的烽火台。根据档案馆的资料来看，其建造于明代万历年间。

　　在湖岛村东侧，有一个烽火台尚存遗迹，它就是历史记载的孤山烽火台，孤山烽火台在湖岛村东侧。《胶澳志》记载："孤山高与大山等，独立挺秀，故名孤山。"孤山有 4 个山头，主峰海拔 105 米，人称"烟台山"。明代的墩堡就设在此处，当时派驻军队把守。

　　双山烽火台位于四方区正东方，《崂山县地名志》记有"双山，海拔 134.3 米，面积约 0.57 平方千米，山上植有黑松、刺槐，覆

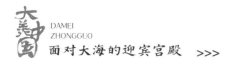

盖率约80％，是扼守小白干路与台柳路一带的制高点，有重要的军事意义"。

塔山烽火台位于四方区东北方，因山形似塔而得名。清乾隆年间此地才建村，许多姓氏纷纷迁来，为祈求兴旺发达改名达山，后习称答山，民国以后演化为大山。

湛山烽火台位于市南区，海拔83米，近代建的著名湛山寺就在这里。以前的大湛山村毛姓和小湛山村丁姓是驻守在湛山烽火台的军户后代，他们的先辈亦军亦民，有警则战，无警则耕，遇有倭寇袭扰，白日举烟，夜间举火，传递警报镇守海疆。

明朝时期山东海防共设了五个卫，崂山和青岛老市区一带在明朝时期都归鳌山卫管辖。鳌山卫下辖雄崖所和浮山所，共筑烟墩（烽火台）42处，并配有士兵驻守。士兵驻地又称为墩堡。当时浮山所管辖有18座墩堡，分别是麦岛、错埠岭、双山、塔山、翁窑、转山头、狗塔山、桃林、中村、东城、张家庄、程家庄、城阳、女姑、孤山、红石、湛山等地，另有赵家、葛家等9处军屯。这些军屯户平时种田，一旦有烽火警讯，则拿起刀枪迅速聚集起来保家卫国，打击入侵的敌人。

德国侵占期间在青岛修筑了许多军事工事、炮台与兵营。在市北区的主要有贮水山上的炮台，贮水山是我们童年游戏的天堂，我们儿时每天早上爬山必须爬到炮台，炮台和掩蔽室的铁门早已经没有了，记得在20世纪60年以前山上还有解放军站岗，不让随便上，后来部队撤走，我们每天都上去看看，有时候，小伙伴分两部分在山上打游击，山上还有许多碉堡、暗堡和防空洞，从山前一直能穿到山后。

南仲家洼炮台在云溪路12号，原来是炮台路，有两座完好的炮台，铁门尚在，现在被街道居委会当作仓库出租。

镇江路炮台位于干休所院内，由于干休所改造建楼，已经爆破清理，原址被拔地而起的高楼大厦掩埋，当时历史资料关于炮台的数目记载是这样的："南仲家洼炮台，错北岭炮台，太平山炮台，镇江路炮台，仲家洼南 2 号炮台和仲家洼东 3 号炮台，太平镇东南 4 号炮台，海泊河桥南 5 号炮台以及太平山炮台。其他分布在各区的有青岛山炮台，军事要塞，湛山 1 号炮台，小鱼山炮台、汇泉炮台、团岛炮台等 10 余处炮台，唯青岛山南北炮台地势险要，设于危崖，居高临下，既可鸟瞰南部海面、陆地目标，又可侧视东、西、北部等海面、陆地物体，实为当时胶州湾入海口一处理想的军事要地。"

根据青岛档案馆存有的历史档案记载：青岛山炮台始建于 1904 年，是德军驻青岛山（京山）要塞指挥所，投入了大量的人力、物力和财力，于 1905 年建成。该指挥所位于德军俾斯麦兵营（即青岛海洋大学鱼山路校址）后面的青岛山上，青岛海洋大学鱼山路校址在 1905 年驻扎德国军队，据考证有地道通往指挥所，记得我们在海洋学院的海洋系地下室，可以从地下的通道走到水产系、气象系、海院附中、物理系的各个楼座。由此可见，当时建造者的良苦用心，但是，侵略者也没有摆脱失败的命运。

青岛山又名京山，地处市区中部偏东，信号山之东北，是今市南、市北二区之交界处，海拔 128 米，是市区的第二座高山。明初，青岛村建立后，这里就称为青岛山，是青岛村和上青岛村村民的山地。1891 年，章高元在青岛设防，就在青岛山西南坡建立了嵩武中营，青岛山麓成为练兵的场地。

德军侵占青岛后，即组织人力进行实地勘察、测量，然后以

提督府（原市政府大楼）、提督官
邸（即迎宾馆）为中心，修筑了4
道防线、12座炮台。青岛山要塞炮
台，背靠市北、东镇，东与太平山
及西北贮水山上的炮台组成了护卫
市区特别是保卫德国提督府的一道
屏障；西与团岛、东和汇前岬炮台
连成一线，又构成了对海上作战的
炮火防线。由于青岛山南北炮台地
势险要，设于危崖，居高临下，既
可鸟瞰南部海面、陆地目标，又可
侧视东、西、北部等海面、陆地物
体，实为当时胶州湾入海口一处理
想的军事要地。

延安路曾经有一个德国侵占期
间的兵营，1903—1907年，德军在
延安路路口的东北面修建了毛奇兵

营，德国战败后，日本人接管，在这里驻扎着一支装甲部队，就是
日本人的"若鹤兵营"，"若鹤兵营"的面积很大，北门在登州路，
南门在兴亚路，是日本重要的屯兵之地。兴亚路的兴建与此兵营的
存在休戚相关。

"若鹤兵营"和日本兵是这一带的"太上皇"。中国人路过
此兵营，必须向持枪的警卫脱帽鞠躬，否则日本兵就骂声不停，
揍你一顿都是轻的。如果你骑着脚踏车经过此处，也必须下车鞠
躬，不然刺刀就会捅到你的车辐条中间，使你车翻人伤。

多少年过去，"若鹤兵营"早已经不复存在，但是大院还在，只是改为北航大院，里面住满普通的老百姓了。

青岛是一个建置比较晚的城市，而市北区位于青岛市中心，许多战争遗迹尚保留在市北的各地，有许多在市北区的开发、拆迁改造中不断消失。因此，认识和保留这些遗迹是给我们的子孙后代留下不可多得的财富！

德、日侵略者的罪证
——"太平镇劳工墓"

德、日侵略者在青岛统治了几十年，修筑了大量的工事和地下秘密设施，那些劳工苦役后来怎样了？他们的去向如何？在历史档案中没有记载，在报纸新闻上也没有刊登过。

封建时代，帝王统治者利用苦役设计修筑完秘密设施，苦役的命运难逃被害。也看到过各地许多日本侵略者利用劳工修筑设施然后害死劳工的故事。青岛是否有这种悲剧，难道侵略者在修筑结束那些秘密工事后能放那些苦役回家种田？

据资料记载：20世纪40年代，在青海路地下曾发现过一箱被迫害致死的劳工尸骨。在太平镇有一

个"劳工墓",位置在太平镇和北仲家洼交界处的东南边,就是现在延吉路和镇江路交界的西北边。

　　据资料记载:进入20世纪50年代,那里还是一片乱葬岗,原来北仲家洼至太平镇有一条南北小道,现在是镇江路。乱葬岗以南、以东原来都是庄稼地,现在开通了东西走向的延吉路。乱葬岗的确切位置是在太平镇和北仲家洼交界处的东南边,就是现在延吉路和镇江路交界处的西北边。有一个叫吴道麟的老人曾经说出了这样一个"谜底"。

　　吴道麟在20世纪50年代左右在太平镇6号东茂染织厂当工人,那时太平镇1～6号是六家私营织布厂,现在这里已成了一家房地产公司建设的商品房,已有居民入住。"我骑自行车上下班时,就路过那片'劳工墓'。"吴道麟说。在太平镇和北仲家洼交界处的东边，原来是一个德国炮台，解放初期有海军驻守，后来炮台的位置成了第三织布厂和第三染织厂，那片坟地就在炮台东南边。"听老人说，日占青岛时期，被日军迫害死去的劳工就埋在这里，这些劳工尸骨许多都是从大港那里拉过来的，听说是在日本被迫害致死后运回来的。此外，还有一些尸骨是冻饿致死的居民的。"吴道麟说。

"那片墓地约有 0.67 公顷。""至于这片墓地消失的年代，应该是 50 年代末至 60 年代初。"吴道麟说。那时大办街道工业，这一带先后建起了一些工厂，从南往北有热工仪表厂、机床附件厂、自行车大飞轮厂、船舶电器厂、铝制品厂等工厂。大飞轮厂东边现在是个农贸市场。

在建厂房前平整土地、挖地基时，曾找了街道服务站殡葬组的老年人收拾尸骨，因为年代久远，有的一个墓穴上下埋了几层，有的尸骨不完整，就以一个头骨即所谓一具尸骨。吴道麟说："总共的尸骨数说不清楚，但那片墓地约有 0.67 公顷，当时有的墓穴从上到下挖出的头骨有 20 多个。"

这是吴道麟知道的有关"劳工墓"的情况，这一带到底葬了多少被日军迫害的劳工？挖出的劳工尸骨后来如何安葬了？

另外我在 20 世纪 70 年代在沧口浴场工作的时候，在沧台路有一个 93 岁的林姓老人，他说："旧社会在板桥坊有一个乱葬岗，那里是日本人的杀人场，尸骨成堆，埋葬了许多无辜的生命和革命志士。"

我还想起在 40 年前曾经看过一个资料："在青岛海边，曾经有一个日本人的人体活体化学药物实验基地秘密堡垒，当实验结束后，实验者会被送进机器绞成肉浆冲进大海，但是，这个基地在什么位置，当事人由于被秘密押进去，没有办法断定，看来离海边不远。"

镇江路是我很熟悉的地方，在 20 世纪 70 年代因为工作的特殊性，那里的每个工厂工会我都有业务，根据吴道麟谈的这个情况，我分析劳工墓的具体位置应该在橡胶制品二厂和青岛铝制品分厂厂区，青岛铝制品分厂大楼是 60 年代末盖的五层楼，是当时周围最高的建筑了，橡胶制品二厂的楼是 80 年代盖的，80 年代镇江路还是沙土路，现在这些楼都已经拆掉，看具体位置应该在镇江北路金狮宾馆周围。当时盖楼的红线区挖了地基，未在红线区只不过把地面铲平，是不会发现那些罪证的，不过，在下一步重新改造青岛大飞轮厂的时候有关部门应该深入观察，以搜集证据，青岛大飞轮厂现在是农贸市场，距离"劳工墓"比较近！

历史不会忘记侵略者在青岛犯下的滔天罪行，那些建筑、那些军事设施都在诉说着德日侵略者的罪行，都在记录着那一个个劳工的血泪史。

记忆中的南山市场

  台东镇的市场形成已经将近百年了，根据历史档案记载："1926年7月28日，警察厅、财政科、工程所呈文商埠局，将市场三路商场东院处的小棚摊场改建为96间平房市场，同年12月建成，投资1.06万元。并按规定租给摊贩，分批迁进。翌年7月12日，台东镇商业代表杨圣训等9人筹集股资5万元，兴建台东商业市场，定名胶澳台东区商业市场股份有限公司，呈报北洋实业部，1928年2月4日核准发给注册执照，所设市场面向居民群众，以招商租赁、提倡市面为宗旨，设有蔬菜摊贩、鱼肉市场、洋杂货馆、估衣铺、饭馆、说书场，以供平民日常生活和工余娱乐之需要。"

新中国成立后，南山市场调整在人和路以东，桑梓路以北，台东一路以南，延安路以西。当时那里平房居多，居民生活水平普遍较低，许多居民打开门，摆出块塑料布，放点百货用品就开始做买卖了，还有许多临时板房，卖起台东小吃。记得那时比较有名的有灌汤牛肉包、牛肉锅贴、排骨米饭等各式名吃。

我的少年时代就经常喜欢光顾南山市场，那时的南山市场到处是破旧的民房，道路两旁有卖米面的、卖菜果的、卖烟草的、卖鱼肉的、卖花鸟的、卖废旧物品的、卖小吃的，形成了一个自发的自由贸易市场，逢年过节，那市场简直就像赶庙会，卖年画的、卖玩具的、卖鞭炮的，更有那卖食品和肉制品的，热闹非凡。在当时南山市场的水产品是青岛市品种最多、价格最低的，经常吸引许多人搭出租车光顾购买，那时在台东三路、博兴路、四方路都有这种自由形成的市场，后来被政府纳入正规管理。南山市场与其他市场的不同之处为面积特别大，除做买卖的外，还有说书的、唱戏的、玩杂耍的、摆连环画的。买卖的商品品种也比较丰富，从花鸟鱼虫到瓷器玩具，应有尽有。

在 20 世纪 60 年代中期，南山市场就开始萧条，只有几家国营的粮店、煤店、食品店、杂货店经营，没有人敢在市场交易。我记得我有个姓徐的邻居大哥，他思想很开放，托人从烟台、福山等地拉来许多苹果，然后往商店批发或者晚上拉着车零售。不知被谁告发，按照投机倒把罪名关进监狱好多年才出来，偏偏我们院子有个姑娘看上他了，非要嫁给他。她妈妈因为他有过那一段不光彩的过去就是不同意，可惜，妈妈说了不算，姑娘就是嫁了。后来有了两个儿子，在改革开放时，那个徐

大哥成了市北区一家工厂的厂长，并且承包经营了好多商店，两个儿子都当了兵，一家人过上了幸福的生活。

在20世纪80年代，我由市南工作调整到台东三路来，和正在复苏的南山市场有了零距离的接触。每天中午，都喜欢到南山买灌汤牛肉包，并且经常买些捎带回家让父母尝尝。逢年过节，总要买烧鸡和鲜鱼孝顺老人，这里的蔬菜比较便宜、新鲜，下班回家逛市场也是经常的事情了。南山市场那时已经被纳入正规管理，南山市场重新开放后，分为水产品市场、茶叶市场、肉类蔬菜市场、干海产品市场、宠物市场、花草市场，那时的外地游客到青岛来，必须逛南山市场，因为那里的海米和干海产品比其他地方的都要便宜。

但由于南山农贸市场占用了六七条马路，摊位乱摆，占道经营、乱写乱画、乱搭乱建、乱排污水、乱倒垃圾等严重影响了青岛城市形象。规划、市政、工商、卫生等管理执法部门费尽了力气，疲于奔命，收效却始终不大。市民对此有一个比较形象的说法：七八顶"大盖帽"管不了一顶"破草帽"。最后，在市北区政府对南山市场旧城改造后，南山农贸市场也实现了退路入室。

现在，南山市场是青岛市最大的农贸市场之一，它的规模和交易量堪称农贸市场中之最，在退路入室开办市场也是效果比较成功的市场。

硬环境好了，软环境也不能放松。南山市场管理处联合工商管理部门，以及个体协会，在市场门前设立了公平秤，杜绝缺斤少两现象的发生。

南山市场彻底变了样，这种变化是可喜的，也是市民、商户期盼的，现在走在南山市场，看到的是整齐的街道、高大的楼房，商品齐全分类管理销售的各个市场都在室内，整齐排列的商品和售货员热情的服务态度，我们真切地感到：南山市场变了，它不愧为全市最佳的农贸市场。

吴家村的“海泊温泉”

　　谈到吴家村的日本温泉俱乐部“海泊温泉”，还得从每年台东镇的玉皇庙会说起。那是在日本与德国交战胜利，强占青岛后，许多日本人涌进青岛开办企业，也经常参加当地百姓的庙会、赶集等民俗活动，有一个日本人名字叫钱三孝一郎，他精通汉语，多年在青岛经商，这天在庙会上看到一个农民在卖萝卜，那萝卜皮是绿的，心是红的，圆嘟嘟的格外可爱，他买了个萝卜，感到这个萝卜与其他摊子的萝卜不一样，色、香、味、口感俱佳，就又回到那个萝卜摊子，和卖萝卜的农民交谈起来。从交谈中得知，农民的萝卜是在自己地里种的，由于水质好，所以种植的萝卜格外甜美。原来，这个农民种的是红心萝卜，根据清康熙《涪州志》介绍：红心萝卜又名胭脂红、心里美，其叶深绿色，形似枇杷叶，叶柄肋深红色。萝卜呈长圆形，表皮和肉质均为鲜红色，品质佳，肉质细嫩、脆甜。此品种耐热、抗病性强，属于皇家采购的御厨用菜。

　　精明的日本人钱三孝一郎跟着这位农民来到他的地里，果然发现地中心有一个坑，泉水不断从坑里涌出，汇成一条小溪，涓涓地浇灌着农民的这片土地。奇怪的是，泉水还冒着热气。“难道是温泉？”钱三孝一郎把手伸进泉水，果然，温暖有加。他暗

喜在心，知道萝卜好吃是由于水质成分全面，回去后通过各种手段强行迁走了这里的农民，租下了这里将近三万平方米的土地，盖上了房屋，修建了高高的院墙，拉上电网，在里面建设水塔、游泳池、马厩、客房。这样，在1927年，专供外国人洗澡疗养的日本温泉俱乐部"海泊温泉"正式开业。据记载：这股温泉水质很好，对各种皮肤病也有疗效，泉水很旺盛，水温可高达40℃。

记得在1985年，年近九旬的海大（中国海洋大学）老教授沈老先生对我讲这个故事的时候说："当时青岛这个温泉的水质和出水温度在全国也是罕见的。"

日本温泉俱乐部"海泊温泉"开业后，强占青岛的日本军人和各个洋行经商搞企业的日本人有了消遣泡澡的去处，钱三孝一郎还增加了在附近的芙蓉山、错埠岭等地的骑马、打猎项目。那时候，青岛山上有野狼、狐狸、野兔等许多动物。日本人打野生动物回来有厨房烹饪，并伴有歌舞和娱乐、住宿。有许多来自日本和朝鲜的艺伎表演，招待。这里直接成了日本侵略者的乐园。

1937年7月，卢沟桥事变爆发，全国反日浪潮一浪高过一浪。日本人为了全面进攻中国大陆，避免侨民损失，命令在青岛的日本侨民暂时撤离青岛，这年冬天，钱三孝一郎和他的员工奉命撤回本土。日本人走后，当时的国民党政府根据当地百姓的呼声炸毁了这处日本温泉俱乐部"海泊温泉"。后来，在1938年日本重新占领青岛，据说重返青岛的钱三孝一郎和他的亲戚们面对废墟号啕大哭，找到日军的政府准备筹建，但是经过四处考察，没有找到泉眼，温泉已断流，是因为爆炸堵塞了泉路，因此只能

失望而去。

为此事，在1985年，年近九旬的海大老教授沈老先生对我说："经过多次考察，发现温泉尚在，只是当时的爆炸堵塞了部分泉路，该泉眼的位置在延吉路市图书馆的旁边，有一个集体企业汽车修理厂，那汽车修理厂现在洗车用的那口井就有当年的泉眼，那井中泉水温暖有加，寒冬腊月也是热气腾腾。那就是当年的温泉，如果科学地疏通泉路，青岛市区的温泉就会恢复青春的！"

海大老教授沈老先生已经故去多年了，2000年，我曾经在网易文化论坛发表了这个故事和沈老先生的谈话，并与青岛开发区友谊公司的孙总、安总、缪总谈过，希望有人投资开发。那时，青岛市图书馆刚开始建设，可惜，没有人去理睬这笔历史遗留的宝贵财富。

我经常去图书馆，也经常打听那个泉眼，现在，只是听说水还在出，只是没有以前那么热，那么旺盛。我想，在不久的将来，市北区政府或者是各大企业一定会有人去开发利用这笔宝贵财富，以慰海大老教授沈老先生的爱国心愿。

青岛海云庵与糖球会

在青岛，一提起四方海云庵，那是无人不知，无人不晓，因为那是青岛市一处著名的旅游景点庙宇，尤其是海云庵糖球会，那更是青岛市最大的庙会集市。每年从农历正月十六开始，庵内香火鼎盛，庵外摊贩云集，百货杂陈，赶会群众人山人海，络绎不绝。至今已有500年的历史，确实值得称道。

海云庵位于青岛市市北区海云街，始建于明代，传说当时海

云街一带是一个渔村码头，周围村里的渔民下海打鱼，归来卸舱就在这个码头上，村里的人为了祈求平安、海神娘娘保佑就在村头建立了一个小小的神庙——妈祖庙。烧香供奉，祈求海龙王保佑，祈求海神娘娘保佑，保佑出海的家人平安归来，祈求丰收。在明朝时，道教盛行，百姓们又集资扩建了殿堂，修建了大院，此时的海云庵就颇具规模。

海云庵道观取"海为龙世界，云是鹤家乡"之意为名，并以每年潮汐的第一个圆月日——农历正月十六为庙会。庙会时庵内香火鼎盛，庵前的海云街摊贩云集、百货杂陈，与会者扶老携幼，摩肩接踵，络绎不绝，历500余年而不衰。

青岛民间有个传说：正月十六吃糖球不牙痛，吃了糖球一年日子甜甜蜜蜜。四方还有个古老的传说：当时的村民因为饥荒，在海边吃海菜太多，大部分都有消化不良的疾病，当时海云庵的

云霞大师精通医术，便开方把山楂在白糖中加热交给村民服用，村民为了治病就交流这个圣药，按照大师的指示便按此方制作了糖球，村里百姓各家制作的糖球风格各异，都在正月十六这天出来交流，因此，庙会上卖山楂糖球的特别多，久而久之，便习称为"海云庵糖球会"。20世纪60年代，海云庵被查封，糖球会暂时停办，庙堂被占用。后来在1986年，青岛市恢复了这一深受群众欢迎的民俗节日，当时会期定为3天。庙会之日，周边交通拥挤，车道改流，会场内茂腔、柳腔、皮影、杂耍、剪纸、年画、秧歌大赛、

锣鼓大赛等民间艺术活动丰富多彩，许多厂家和个体经营者制作的造型各异的糖球琳琅满目，各种风味小吃和手工艺品应有尽有，前来赶会的中外游客每年都百万人之多。

团团圆圆、红红火火、吉祥如意，"海云庵糖球会"深受老百姓喜爱。因此，青岛市也有了从明代至今500多年历史的糖球会，它是青岛市规模最大的民间庙会。

现在的四方海云庵是市北区的文化、商业中心，海云庵附近，高楼大厦林立，商场超市密集，加上市北区人民政府主办"海云庵糖球会"，使之成为集经贸、文化、旅游等活动于一体的新型旅游景点。海云庵糖球会上摊位每年约5000个，参加商品交流的工商企业达几百家，接待了美国、俄罗斯、英国、法国、日本、韩国、玻利维亚等10多个国家和中国港澳台地区的游客，打出了青岛四方海云庵糖球会的品牌，促进了市北区的经济发展。在1991年，海云庵糖球会就被列为国家重点旅游项目和青岛市建置一百周年纪念系列活动内容。台湾著名艺人凌峰率《八千里路云和月》摄制组拍摄了第二届海云庵糖球会盛况。在2005年，又荣获"中国十大民俗节会"称号。目前，海云庵糖球会已经成为全国知名的品牌盛会和全国人气最旺的民间庙会之一。

现在的海云庵还是青岛市的宗教旅游名胜，每年都有大量的游客前来烧香供奉，瞻仰民族文化，庙里经声琅琅，是我国神学文化的一个基地。

古老的四方海云庵正在焕发青春，为市北区人民、为青岛市人民做着非凡的奉献！

青岛的运煤码头：石炭线

    青岛的 8 号码头，过去俗称"石炭线"，在我们的儿童时代，许多人读为"十三线"，实际上是"石炭线"，是青岛市运煤的一条铁路交通线、货场，在 1980 年改为青岛港集装箱公司。"石炭线"属于 8 号码头。现在统属港务局的大港公司。

    那个年代，青岛的企业锅炉都烧煤炭，老百姓家家生炉子做饭，因此煤炭运输是很重要的一项工作。由于青岛地处丘陵地带，上坡下崖，那时候机动车很少，运货主要靠"地排车"一人拉一车，一般载 1000 斤，平路没有问题，遇到上坡就拉不动，要靠雇人"拉崖儿"或两人"盘"车，因此，各个煤店和企业都

有地排车和专业运输人员运输煤炭。

我的童年时代，由于家庭子女都比较多，大部分都到青海路附近孟庄路的陡坡前拉崖，闲暇时间也到"石炭线"那里的海边去挖蛤蜊，到火车道轨上磨小锯条（当磁铁用），捡石英石，到码头洗海澡、钓鱼。记得有一次我家邻居的几个少年坐船钓鱼，突然遇到大风，船漂向深海，幸亏被5号码头的海军叔叔发现后派出快艇把他们营救回来。

进入80年代，港务局成立青岛港集装箱公司，"石炭线"转

移到"新的货场"，随着时间的推移，这时候"石炭线"卸煤的方式有了根本的改变，原来，运煤的火车一到，许多光着膀子的工人跳上火车（新中国成立前称"煤黑子"），用铁锨卸车，一个车皮需要一天的时间。现在都是机械化卸煤了，一个装满煤炭的车皮没有见粉尘，没有见光膀子的工人，只是传送带在动，机器在转，无论是矿石粉还是煤炭，转眼间就卸得干干净净。

当时"石炭线"到市里运煤大都要走两条路，一是从四方杭州路经孟庄路，过昌乐路后走整条青海路。二是由普集路过铁路，经新疆路、冠县路，到莘县路西行或由河北路、山西路过铁路南行。当走到孟庄路、华阳支路、利津路、热河路等，在上崖处都得雇人拉崖。

由于青海路离"石炭线"货场近，又是来"石炭线"运煤炭的大车的必经之路，所以，那时的青海路是旧社会最底层人们聚集的地方。

在那个时代，青海路饭店附近上有"人市"，用工单位每天到这里雇用"卯子工"，就是干一天算一天的临时工，大多数是只凭力气不需技术的壮工。清晨人群聚集，用人单位来挑选。码头装卸工是需求最多的，所以打"卯子工"的就近住在青海路上开的临时马车店的大炕，一个人一个半头砖当枕头。现在，许多

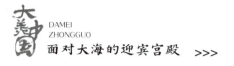

装饰材料市场门前有许多工人在等活，实际上也是现在的自由劳务市场。

那个年代有一句谚语："五子行业下九流，低三下四难抬头，活者难以进族谱，死去祖坟都不收。"这实际就是对旧社会码头工人穷困地位的写照！

在那个时代，在现在的青海路饭店附近，"人市"的许多工人大部分时间就是在"石炭线"装货和卸煤炭，全身黝黑，到夏天中午时分，汗水在脸上流，把煤粉冲成小沟。他们吃的是橡子面窝窝头、咸菜，喝的也是生水，或者讨碗面条汤。很少有人能去饭店吃一碗清汤面条，因为赚的钱太少，还要养家糊口。

青岛建制港口120年来，城市因港口的发展不断扩展、提升、繁荣。中国第二大外贸口岸、世界第七大港口、世界第八大集装箱枢纽港——青岛港，这座现代化的世界大港在不断提升着

青岛的国际地位。码头工人许振超——中国产业工人的杰出代表更成了这座城市特有的"文化符号"。

现在"石炭线"的青岛港集装箱公司大部分已经搬到黄岛码头，腾出的地方现在是一片绿化花园，青岛港大港公司的一个集装箱分公司还在那里办公，原来的煤粉飞扬的现象再也见不到了，就是到黄岛的矿石码头，我们今天看到的散装矿石和煤炭的码头，起初以为一个日装卸几十万吨的码头一定会尘土飞扬吧？错了，竟然一尘不染，不是亲眼见到绝对不会相信。我们看到现场一艘 20 万吨的铁矿石巨轮正在卸船，三台大机器一刻不停地作业，一抓斗就是 62 吨，相当于一个列车车皮，卸下的矿石通过 6.9 公里的传送带送到花园式的货场。这儿可以停靠全球任何大型的货船，全国六分之五的进口散装矿石、煤炭从这儿运送到全国各地……

就这样，今日青岛港空中不见扬尘。整洁，绿化有序，到处一片优美环境。工人们每天穿着整齐的工作服，上下班班车接送，职工食堂里，饭菜可口，有荤有素，我们看到了全国劳动模范许振超也和工人们在一起吃饭，一起谈笑，昔日的码头工人彻底翻身做了主人，过上了幸福的生活！

体育街的前生是条河

　　青岛体育街的前生是条河，一条流淌百年的臭水河。这条河发源于青岛的太平山，这条河从 1898 年由章高元派人修坝筑堤开始修建，德国人侵略青岛后又重新设计规划建成，把那台东一路到台东八路的大水湾的水流截住，水湾消失了，那湾底空地变成了房屋街道和繁华的商业街。这条河从山上的暗渠到山下的明渠，作为战争的坑道运兵掩体、泻流洪水的宽阔河道，河水流经现在的延安路、仲家洼、太平镇等地到达海泊河入海。历经百年后，由于战乱和缺乏统一管理，两岸住户不断地增加，新中国成立后两岸工厂也不断地开办，如延安三路的女士香槟厂、工具二厂、台东纸制品厂、帆布厂、蓄电池厂、钢板弹簧厂、锚链厂、空压机厂、手表厂、刺绣厂、台东豆腐社、内燃机厂、床单厂、模型厂、压铸厂、水箱厂、电镀厂、铝制品厂、自行车链条厂、第三染织厂等二十多家工厂，这些工厂产生的污水源源不断地流向这条河，小河变成了一条臭水河。

　　那时候，这条臭水河垃圾成堆，污水横流，蚊蝇遍地，臭气冲天。要是刮起风来，那四处散发的气味就跟那个臭鸡蛋臭鱼味一样，必须捂着鼻子才能过去。

　　那时候，河道通过北仲家洼和太平镇，直到码头海边，河两岸居民住的多是低矮窄小的平房，多是土墼加砖瓦盖成，每家每户都是破旧的两扇大门把住自己狭小的院子，看上去低矮的房屋面积也不大，一条条小臭水沟躺在每户的门前，时而看见有人往水沟里倒脏水，加上天气炎热，水沟里的水发出一阵阵刺鼻的臭味。公用厕所多在路边或设在院内，卫生状况极差，蚊蝇滋生，异味熏天。遇到下雨天，那狭窄的道路泥泞不堪，无法行走。

那时候，河的两岸就是青岛人人皆知的"贫民窟"——仲家洼、太平镇。在这里成长了一代又一代灰头土脸的洼里人，就是这些洼里人，成为青岛这个美丽城市的建设者。

为了改变贫穷、落后和脏乱差的面貌，根据市政府改造棚户区的指示，1998年，市北区政府安排台东房地产和天泰、东城等房地产公司对仲家洼棚户区开始改造，1999年年底改造基本结束，一座座新楼拔地而起，一个个花园小区安置了大河两岸的贫困百姓。在40年代就去了美国的归国华侨仲崇光回到家乡，面对一排排高楼大厦，竟然找不到老房子的位置。

在 2006 年，市北区政府拨款对整个河道开始治理，全面清理淤泥垃圾，覆盖混凝土水泥板，在河道上游覆盖后，增加开辟了一条大街——宝应路，在靠近东仲家洼和太平镇的部分，打桩覆盖后，建成了 6 条塑胶跑道、5 个篮球场，设置了 50 多套健身器材，打造出长达 1600 多米，国内规模最大的社区体育街，免费向周围的居民开放。

现在居住在这里的居民从四五岁的孩子到 80 多岁的老人，都可以在这条街进行体育锻炼，这里每天都笑声不断，确确实实成了欢乐的运动场所。

从 2007 年 4 月开始，百姓的兴奋和快乐笼罩了这片土地，只用了短短的 100 天，市北区政府投入了巨资，组织施工，覆盖了河道，打造了呈十字形，由相交叉的北仲路和北仲河河道所组成的青岛体育街。

流经棚户区百年的臭水河瞬间变成了快乐的健身场，举重架、推揉器、弹力桥、平行梯等 21 大类体育健身器材一线排开，5 个篮球场、2 个足球场、16 个乒乓球台以及 1 个羽毛球场和 1 个老年门球场，每天都被人占得满满的，儿童乐园和老年人康乐园里欢歌笑语、热闹非凡。沿河道顺势组成了一条综合运动长廊。

健身的人群形形色色，络绎不绝。有暮年的老者，有强壮的中青年，有蹒跚学步的孩子，还有坐在轮椅上的残疾人。

天蒙蒙亮的时候，伴随着习习的微风，体育街上就已经人头攒动，在晨练的身影中，或慢跑的，或打拳的，或在运动器械上舒展筋骨的……场面很是壮观。

白日时分，锻炼的多是年轻人，即使烈日当空，篮球场、足球场、乒乓球场还是人声鼎沸的，矫健身姿让人目不暇接。

夜幕降临的时候，体育街上熙熙攘攘的人群更是让人兴奋不已，老年人和着音乐节拍跳起了欢快的健身舞，孩子们在教练的指导下进行着轮滑训练，许多青少年围在乒乓球场、篮球场、足球场旁边急切地等候着上场……

街道办事处和居委会经常利用这个大舞台组织开展丰富多彩的文体活动，丰富了百姓的文化生活，又提高了居民的凝聚力和向心力。一台台精彩的表演，一张张喜悦的笑脸，反映着百姓对政府的感激和对美好的向往。

一个几代人在这里居住的老人激动地说："感谢政府为我们百姓做好事，改善了我们的居住环境，我们为体育街叫好，为我们居住在体育街骄傲。"

感动着这一幕幕场景，聆听着这美好的赞许，注视着快乐健身的人群。我的心在翻腾，在升华，我好像看到了臭水河如何在时光隧道里穿梭，演变成体育街。

体育街荣获了"全国社区健身示范工程"的称号，我由衷地感到骄傲，为我们的党、为我们的祖国而骄傲。体育街建设顺民意，得民心，它的成功经验告诉我们一个理念：为老百姓办实事不仅是党和政府永远的主题，也是不可推卸的责任。

现在从太平山沿着芝泉路下山，我再也找不到那条流淌了百年的臭水河，因为那条宽30米的臭水河已经得到了疏通治理，变成了暗河，河的上面是美丽的街道和绿色的体育街，我为市北区政府的努力而感动，为市北的发展感到由衷的高兴和自豪，因为我也在市北这片沃土上生活了60多年，我见证了市北区在党的领导下，改革开放，高速发展和政府的以"激情、创新、特色、一切为了人民"为核心内容的务实精神，化腐朽为神奇，为人民造福！

话说胶东路

　　说起胶东路，许多人可能不知道，但是说起"波螺油子"，那就是无人不知，无人不晓。胶东路建于 1924 年前后，是一条标准的盘山而建的石头路，因为路面倾斜超过 30 度，所以当时的设计者采用石头块是为了防止车和人走路滑倒和滑坡。

　　胶东路的上段是衔接莱芜一路、莱芜二路交会处，中间底部是无棣二路，西至热河路与胶州路的交界处。胶东路属于胶济铁路系列的路名，以 1904 年德国修筑胶济铁路时在胶县之东设立大荒站火车站、1914 年被日本人改为胶东站之名称命名，后来延续至今。

　　胶东路随山势地形而建，是将无棣一路至四路、苏州路等 5 条路与热河路、胶州路连接在一起的唯一通道，也是青岛市唯一的两头高、中间低、路面窄、坡陡弯急、马牙石路面的 S 形路，蜿蜒崎岖如一只大的海鲜辣波螺壳，所以老百姓一直叫它"波螺油子"。

　　无棣二路在 20 年代到 50 年代是一条繁华的商业街，我的本家二爷爷于子成医生在 30 年代就在胶东路与无棣二路交叉口开了一家中医诊所，他的儿子于禾村（我的三大爷）和我的二姐于秀华（铁路医院医生）就住在胶东路中间的一个大院里，于禾村也是医生，后来在青岛市人民医院退休。

　　由于这个缘故，我有了经常去胶东路和了解胶东路的理由，至于后来考上中学，到二中，到三十九中的读书时代，胶东路则是我每天的必经之路，我的上学路线是这样，从家在吉林路登山翻越后到达无棣二路，走胶东路、无棣二路、齐东路到达海大附中（中国海洋大学附属中学，即三十九中）。

　　少年时代在无棣二路二爷爷家就听过在他家喝茶、看病的许多老人讲述胶东路发生的故事，其中有一段特别令人难忘："在青岛解放前，中共青岛市委成立的地下电台小组曾在胶东路20号甲大院设立秘密电台，将许多国民党的军事布置、调动情况、武器装备等情报通过电波传至解放区。那里敌人探测信号的汽车

没有办法行驶，道路是天然的屏障，如此，使胶东路上也曾弥漫着或无声或有声的战火硝烟。"而我的三大爷和我的二姐也是住在那个大院，他们都是好邻居。

由石块铺成的胶东路坡度较大，又有几个急转弯，机动车难以通行，我上学的时候仅仅看到过为数不多的军用吉普很艰难地从热河路转到胶东路，从胶东路又转到莱芜一路。自行车上坡根本骑不上，下坡又太危险，只有步行。

2002年，青岛市修建东西快速路，彻底改变了"波螺油子"的原来面貌：宏伟的大桥从空中横跨无棣二路，连接了莱芜二路和胶州路，"波螺油子"在桥下被重建，路面的石头除了沿用原有的外，还补充了新石料，路面加宽，进行平整，只是西半段弯曲的走势被"拉直了"。

多少年过去了，我经历了漫长的下乡插队，回城后忙于温饱生存，很少走"波螺油子"那条熟悉的马路，还有一个原因是我的本家二爷爷于子成医生和三大爷他们全家在20世纪60年代被迁到农村，由于年纪太大，再也没有回来，他的儿孙、重孙也都在外地安家。

我们论坛的陈老师有一个业余剧团，在"波螺油子"附近的无棣三路租用了一间房子排练歌剧《江姐》，邀请我去观摩。我重新踏上了这条古老的路，确实感慨万千。我发现，经过岁月洗礼、承载百年沧桑的马牙石路依然散发着生机，那条"波螺油子"依然在向人们诉说着昨天的故事。

漫谈吉林路到泰山路

吉林路到泰山路片全部被纳入青岛市市北区的拆迁改造范围了，最近拆迁得怎么样了？周日坐车去看了一下我这从小生长的地方，真是面目全非，一片片残墙断壁，瓦砾垃圾。蓝色的铁皮围挡隔住了我的视线。我们的老屋"福山里"大院已经成为平地，前面的 29 号、31 号、33 号大院也即将拆除，从吉林路看前面，锦州路的胜利电影院也被推倒了，看来，这一片即将拆迁结束，开始动工了！

我的童年时光大部分是在吉林路小学度过的，1962 年，市北区教育局在泰山路建了泰山路小学，吉林路小学把我们每个年级的学生划到泰山路小学两个班，那时，我上五年级毕业班，划到泰山路小学是六年级一班，班主任是曹剑秋老师，我们学校的旁边是市北区文化馆。它的历史也很悠久：抗战以前，青岛市民众教育馆设在朝城路，抗战胜利以后在泰山路原日本铁工厂旧址复馆。1946 年 10 月正式开馆。由国立社会教育学院毕业的宋绍曾任馆长。民众教育馆设有图书室、阅览室、游艺室、民众学校、民众俱乐部、民众运动场。

青岛解放后，民众教育馆旧址作为第一人民教育馆，原民众教育馆馆长宋绍曾留任，仍是馆长。到 1950 年 1 月馆内设图书、报刊、儿童 3 个阅览室，办有夜校，举办展览会、游艺晚会等。1958 年下放市北区，叫市北区文化馆。

市北区文化馆曾建有"六二乐团""六二话剧团"，演出过《棠棣之花》《原野》等名剧。剧中职员钟昭栋后成为专业编导。他们的业余曲艺队演员高景佐后成为著名山东快书演员，曾任青岛市曲艺团副团长。他们的业余京剧团多次演出，广受欢迎。

泰山路和吉林路交界处是原日本大庙的东门，现在是青岛针织三厂的车间。吉林路小学的校舍原来也是日本大庙的一部分，日本投降后利用庙产开办了吉林路小学。

吉林路西部有吉林路派出所和许多公寓房子，吉林路派出所的历史比较悠久，现在还没有拆除，其他的公寓房子在 90 年代就开始陆续拆除，建设起高楼大厦，现在是辽宁路科技街的一部分。

泰山路东起松山路，西至商河路。这条路两段很不相同，由辽宁路向西马路平坦，并且是少有的宽敞，辽宁路以东马上变窄了，也变曲折了。原来泰山路是分期建成的，因而有这特点。

泰山路西段始建于德占时期，叫鲁赤街，也叫锦豹街，日占时期曾叫喜乐町，20 世纪 20 年代由辽宁路向东建路，初无路名，到 30 年代才通至松山路，也用了泰山路的

路名。

　　早期泰山路建筑不多，以中国民居为主，后来也有日本人入住泰山路。

　　青岛民居中的"里"，在泰山路上也有几个，如德裕里、松丰里、保安里等，其中霞云里内曾是地下党团的领导住地。

　　青岛市地理上属于山东，但行政上长期是中央直辖市，由于地域关系与山东分不开，中共山东地下省委、团委都曾在青岛。李仲林，莱西人，1932年入党，1934年至1935年在青岛任共青团山东省委擎天柱，他的住地也就是团省委活动地点，就在泰山路上的霞云里二楼。当时租房需"铺保"——由商店做担保人，他偷了他哥哥的商店图章盖了铺保，才租下这里的房子。李仲林回忆说："霞云里地址是绝对保密的，除团工委在此开会碰头以外，有关马列主义著作、党的刊物《红旗》、给中央的报告等文件，都存在这里。"

　　泰山路上还有中国的恒大运输公司、远东汽车行、复丰铁工厂和日本人的原田铁工所、甲斐铁工所等。

　　中共"一大"代表邓恩铭，1922年来青岛开展党的工作，建立组织，发展党员，曾任《胶澳日报》副刊编辑。1925年任中共青岛支部书记，是党在青岛的第一位擎天柱。1925年他领导了青岛的大罢工。他住在泰山路13号，因他不断去各工厂而引起敌人注意，后被捕。

　　泰山路、锦州路口曾有一座小戏院叫永乐戏院，主要演"落子"（评剧），也演京戏。日本二次强占青岛时期，日本人三浦林三继电气馆、青岛映画剧场之后在这里建了他的第三座电影院——东洋剧场，当时设备一流，后来曾叫过民众剧院、胜利电

影院等。

　　看到胜利电影院已经被拆除，不由得想起童年在这里玩耍的时光，那时，在胜利电影院两侧有许多卖连环画的小摊，我经常到这里看小人书，一分钱两本。那时爸爸妈妈让我买菜、买酱油，经常剩1分、2分的钱就不要了，我就积攒起来到这里看小书消费，后来，认识了铁路退休的姓王的和姓于的大爷，他们都是门头房摆摊卖连环画的，他们让我去看，不收费，使我在课余时间获得了许多宝贵知识。

　　在泰山路和吉林路拐角，有一个卖开水的茶炉，我们小时候经常在门口喊："马蛋壶，开茶炉，一分钱，倒一壶，大蛮来了倒两壶。"当然，那时候在夏天，家家都需要开水，倒开水是我们童年难忘的劳动！

　　20世纪90年代，振业房地产拆迁了泰山路东部，我的大弟弟于振中分到了一小套二居室，已经在那里居住了二十多年了，听说最近又要拆迁，那里已经全部规划为高层建筑，可见泰山路和吉林路已经成为寸土寸金的宝地。

　　位于泰山路的市北区医院没有被迁走，虽然也已经列入了改造计划。

　　锦州路的历史很悠久，但是锦州路的西段由于改造已经消失了，东段已经列入了改造计划，许多大院的楼房已经被拆除，看来锦州路的东段也即将消失，锦州路的历史只有看我们的文字介

绍了!

　　时代在前进，是人民创造了历史，写下了历史，只有我们用文字，用记忆和劳动，才能记录历史的真实。

青岛的商业中心
——台东三路商业街

在 20 世纪 50 年代到 70 年代，旅游青岛必须到中山路购物，去劈柴院吃饭。因为那里商家聚集，市场繁荣。可是进入 80 年代后，来青岛旅游必须到台东商业街了，尤其是 2000 年后，全国各大商业巨头云集台东商业街建设大厦，各种风俗小吃店遍布台东三路商业街周围，店铺柜台简直是寸土寸金，商品琳琅满目，价格便宜。尤其是周围居民的购买力之强，远远超过了昨天的中山路商业圈，确实令人感到惊奇！

追溯台东三路商业街的历史应该从 1891 年开始，那时清胶澳总兵章高元率兵驻防青岛，在全市设立了许多炮台，为了和北京内阁总理衙门电讯联系，在台东一路建立了电报房。也就是现在的台东邮电局，并修建了连接海边、码头、市内各个炮台到台东的道路，促进了台东商圈的发展。

据台东的许多老人讲述回忆：当时的南山（榉林山）很荒凉，山上经常有野狼出没，一下大雨，山水倾泻而下，经海泊河入海。当时还没有台东一路至台东八路，只有村落的名字。就在现在的台东三路至台东一路，威海路到延安三路中间，有一个很大的水湾，山水源源不断流淌，后来由于章高元设防派人修路，疏通山水、河道，山水改道进入了海泊河。大水湾没有水源就逐渐干枯了，但是这里却成了小商小贩的聚集地，自由交易的市场。

许多商家也就在原来水湾形成的市场旁边盖起了房屋、店铺，他们的经营分类比较明确，如现在的台东三路（原水湾）基本是手工业产品和食品，台东四路和五路则有许多饭店、理发店、委托商店等，龙门路房屋的业主基本是卖土产品，长兴路还有许多店铺的经营沿至解放后的 60 年代才停业。

1898 年，德军登陆青岛，德国水兵乘船登陆后，沿着中山路、胶州路一路到达台东，所有的清军防卫设施、炮台全部归德军，他们也开进了台东，开进了刚刚形成的商业圈——台东三路。

台东当时的村落有仲家洼、杨家村、吴家村、康家庄和太平镇等，这些村庄多数都坐落在海泊河流域，过着耕地、收割、打鱼的生活，德军来了后，强占土地，修筑道路，建设教堂，激起了台东周围百姓强烈的不满与反抗，经常有许多"年轻力壮的好汉"潜入德军的驻地，去抢德军的"宝贝"，袭击德国骑兵，杀死狂妄的德国士兵，他们在日寇侵占期间也经常出其不意地袭击日本士兵，使侵略者单身一人不敢在夜间独自行动。

为了长期侵占青岛，加强对青岛市台东区的管理，德军从德国带来了许多优秀的规划建筑设计师，建造了总督府、迎宾馆和八大关、天主教堂等欧式风格的建筑，他们针对当时青岛村庄设计了台东镇、台西镇、小鲍岛、大鲍岛等居民区，现在的台东三路则是当时台东镇居民区的商业贸易中心。

日本侵略军侵占青岛后，接管了德军在台东的炮台等军事设

施，在威海路设立宪兵队、法院，在延安路（当时的兴亚路）建立若鹤兵营。当时的延安路（兴亚路）荒凉、恐怖，无人烟。从破烂市（集）到派出所，中间有座大桥。路旁边尽是深沟和坟墓，有许多被日本宪兵队杀死的无辜百姓和革命志士被暴尸荒野，也有一些夭折的孩子被扔在坟头。周围没有路灯，也没有人和车辆通行，唯一的一座建筑物就是日本人的焚骨楼（炉）在日夜冒着黑烟，夜幕降临，根本就没有人敢来这里。而台东三路的许多场所则成了日本人购物和寻欢作乐的地方，大汉奸蓝景山就是在日本人的扶持下开设了台东三路的新华楼澡堂、台东一路的明新池澡堂和台东三路的聚福楼大饭店。后来，蓝景山靠日本人的撑腰，无恶不作，在新中国成立后被人民政府镇压！

随着历史的变迁及时间的推移，台东的商家对台东三路至台东一路的商业街和南山的经营开放也做了统一"规划"，"礼拜集"每周日开，"礼拜集"也就是平民百姓的"破烂市"。那时，每逢"礼拜集"赶集的日子，南山"破烂市"市场的人头攒动，叫卖声此起彼伏，赶集的人摩肩接踵，热闹非常。而台东三路由于离南山市场太近，反而成了购买商品人流的落脚地，更加繁华异常，这也许是星期日台东三路商业街格外繁忙的原因解析。"礼拜集"直到解放后的60年代，被当时的青岛市革委会取缔，后来取而代之的是现在南山的一片片高楼大厦。

新中国成立后的 50 年代，在人民政府的扶持下，台东三路商业街得到了飞速发展。台东商场、市场楼、市场楼二楼百货店、台东交电、利群百货、大光明钟表眼镜店、正大东号食品店、大陆茶庄、聚福楼大饭店、新华楼澡堂、新华书店、光陆大戏院、龙门路土产品一条街等许多大的商家形成了一个方便人民衣食住行购物的商业圈，使台东三路的繁荣得到了进一步发展。

在 3 年自然灾害期间，台东三路是市政府同意开办的自由市场之一，那个年代，我正上小学，为了生活，白天上学，晚上也在台东三路和许多家庭生活困难的小伙伴在一起摆摊销售商品，从晚上 6 点卖到晚上 10 点，一算账也就是能赚两角钱。然后再跑步 4 里路回到吉林路的家中把两角钱交给妈妈。逢周日去"破烂市"赶集销售土产品，中午，花一角钱买两个茅草根做的甜饼

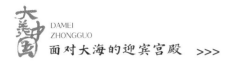

垫饥，忙活一天，最多赚五角钱。那个年代，根本填不饱肚子。回想起童年时代的辛劳，台东三路和"破烂市"的喧闹、繁华，至今难忘。

从农村插队回来后的许多年，我竟然在 1987 年从市南区的商业部门调到台东三路工作，并且在商业上连续工作了二十多年，见证了台东三路每一家商铺的变化和发展，直到 2010 年退休。

是改革开放推动了城市的发展，市北区政府按照青岛市的统一规划，把市场楼上面的第二百货商店、遵义剧院、台东交电、利群百货、正大东浩食品、大陆茶庄、聚福楼大饭店、新华楼澡堂等一批老建筑全部拆除，取而代之的是利群商厦、当代商城、千川百货、万达、沃尔玛、穿戴大世界、医保城等颇具规模的大商场。让台东三路商业街真正成了青岛市的特色步行商业街，成了来青岛旅游必须光顾的商业胜地。

话说历史老街威海路

　　历史老街威海路现在属于市北区。这条路西南起自延安二路和登州路的交会处，威海路全长 1617 米，车行道宽 20 米，是青岛市著名的交通干道和商业街。中间经过台东一路、台东三路、台东五路、台东六路、台东七路、台东八路、四平路、长春路、洮南路、南口路、沈阳支路、浦口路、海泊河南路、海泊河北路、台柳路等十余条马路，东北至人民路和鞍山路交会处，是市北区一条繁华的商业街道。

　　威海路的形成很早，清代章高元在青岛布防，这是一条台东联结四方和沧口的唯一战略通道。那时，在台东杨家村的下村庙香火就很旺盛，逢每年的正月初九，四面八方赶庙会的人推车挑担络绎不绝，到新中国成立后的 50 年代，也是如此繁荣。一直到 1964 年"四清"运动，下村庙才关闭，传承百年的萝卜会也停止了，2005 年 7 月初大庙彻底拆除，可叹那当年的比湛山寺还要高大的佛像和比天后宫、海云庵规模还要大的庙会热闹的场面再也看不到了。

1897 年德国侵占青岛后，以海泊河为界，将"胶澳租借地"划为青岛区和李村区，当时在河上建桥两座，名为海泊桥，并将东镇通往海泊桥的这条威海路命名为"穆勒少校路"。1903 年德国当局修建"台柳路"后，这条威海路又成了从台东镇到崂山柳树台这条公路的组成部分。1914 年日本侵占青岛后，将这条路更名为"隆运町"。

由于台东区商贸的发展和城乡交流运输物资的需要，当时的威海路与华阳路并称为市区的两条南北通道，在台东区那是第一条通公交车的通道，比台东一路的时间还早。

从 20 年代起，威海路就成了台东镇的商业中心，马路两侧就开设了许多商铺，当时东兴市场建于 20 世纪二三十年代，位于今台东八路与大名路交会处，当地百姓以卖废铜破铁为生，逐渐发展到经营各种钢铁材料、五金工具、铁件加工，由于商户多、品种全，成为当时台东镇乃至全市较有名气的五金材料市场。1987 年拆迁改造，搬至长春路与大名路交会处，仍沿用原东兴市场名称。

1922 年 12 月中国政府收回青岛，成立了胶澳商埠警察厅，辖有第一区（今市南）、第二区（原市北）、台东区、海西区、李村区 5 个警察分署，其中的台东区警察分署也在这座楼上。

日本侵占青岛时期，日本宪兵队与伪警察局也在威海路上，那时候经常有爱国志士和普通百姓被捆绑在日本宪兵队门前的电线杆上示众，尤其是在冬季冰天雪地的时候，那凄惨的景象让许多老人回顾的时候潸然泪下。

1945年9月17日，中华民国政府重组青岛市警察局，这里仍为台东分局局址，新中国成立后成为青岛市公安局台东分局，1994年改称青岛市公安局市北分局。

大陆广场位于今台东八路、长春路、大名路、云门路围合区域，据记载，"广场内除居住外，还分布着许多行业的店铺，门类甚多、相对集中，有饭店、杂货铺等"，后来更名为大陆市场，历史上的大陆市场非常繁荣。1987年大陆市场拆迁改造，在

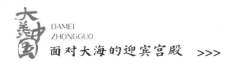
原址建起了营口路市场，营口路市场两侧房屋拆迁，这里盖起了高楼大厦，许多居民被易地安置迁移到浮山后。

台东五金商店是威海路的百年老店，建于1936年，历史悠久，闻名省内外，解放后的公私合营时期改为台东五金商店，深色的铝合金门头映衬的金字写着"台东五金商店"，几扇窗户，很窄的卷帘门，但是，它的货物品种很全，是青岛市水暖器材和五金产品最丰富的商店，在21世纪台东五金商店拆迁，建起新的、规模更大的台东五金商店！

新中国成立后，威海路的改造是在1979年，威海路的台东一路至台东八路段拓宽，由原来的15米拓宽为30米，路东侧的平房全部拆除，建成了十几座6层高的住宅楼。龙门路成为一条小巷，当时我的阿姨住在龙门路，家中的阳光全部被对面楼遮挡，一直盼了好多年房子才得到改造，1984年政府又将台东一路至延安二路段由原来的12米拓宽到30米。1999年9月在威海路东南端的马路西侧，拆迁了职工夜校、交通大队、东新饭店和几个居民楼院，取而代之的是国美家电、婚纱摄影等大型商场，在原来交通大队和台东夜校的位置辟建了"当代广场"，成为市北区居民集会、休闲、娱乐的综合性活动场所。如今的威海路，沿街商店林立，行人熙来攘往，车辆往来如梭，一派繁荣景象，是市北区一条重要的商业街！

"德国风情街"——馆陶路

　　近几年来，好多电影、电视剧都来青岛寻找拍摄镜头，因此我们青岛的"德国风情街"——馆陶路成了他们的首选景观，上了许多异国风味影片的镜头，你看那具有德式风情的店面橱窗，室外那别有风情的咖啡馆，以及典雅浑厚的德式建筑，自然质朴的石板路，清新的木质花箱，许许多多富丽堂皇的大型建筑，都

是天然的拍摄精品建筑景点，拍摄出的镜头让人看了对青岛刮目相看，青岛的建筑太美了，"德国风情街"——馆陶路通过这些电影和电视剧的播放和人们的宣传成了青岛的名片。

馆陶路初建于 1899 年，因为靠近胶海关、后海码头和大港火车站，德国驻胶市政当局将此规划为"洋行区"，各国的许多驻青机构最初也是先在这里涉足。20 世纪初，在中山路北段的延伸部分——馆陶路，建成了"洋行一条街"。

"德国风情街"南起堂邑路，北至恩县路，与上海路、宁波路、广东路垂直相交，总长度 1000 余米。馆陶路现有历史建筑 25 座，占现有建筑总量的 71%，其中现存德式、欧式风格的历史优秀建筑共 14 栋。其中 12 栋是德式或欧式风格。例如：

馆陶路南侧起始建筑（莱州路 1 号），原为英国渣打银行，德式建筑；

馆陶路 2 号，新中国成立前为英国麦加利银行青岛分行，建筑面积 3000 平方米；

馆陶路 5 号，原为英国汇丰银行，建于 1917 年，建筑面积 3150 平方米；

馆陶路 22 号，原为青岛取引所，曾为旧中国时期最大的证券交易所和期货交易所，建于 1920 年，建筑面积 18000 平方米；

馆陶路 28 号，原为丹麦驻青岛领事馆、宝隆洋行，建于 1913 年，建筑面积约 500 平方米。

在 20 世纪的头 10 年内，随着进出口贸易的飞速发展，多家外资银行的分支机构纷纷来此设立。后来，由于金融业的迅速膨胀和扩张，馆陶路变得拥挤不堪，于是大部分银行不得不迁址中山路南部。可以说，如果没有当时馆陶路红火的进出口贸易，就不会有后来中山路商业区的大繁荣。

进入 20 世纪 30 年代，馆陶路已经成为青岛的金融经济中心，被称作"青岛的华尔街"，从而影响着整个华东地区的经济及沿海地区的出口转口贸易。据史料记载，馆陶路上的洋行最多时有 50 多家，多为德国、日本、美国、英国、法国、丹麦、比利时、葡萄牙等国大公司的分支机构，其中，日本的银行和大公司还建有富丽堂皇的大型建筑，以显示其在青岛经济中所处的重要地位，如当时的青岛取引所、正金银行、朝鲜银行、三菱洋行、大连汽船株式会社和日本商工会议所等，现在都作为优秀历史建筑保留了下来。

青岛第十中学是青岛市历史最悠久的学校之一，现在已经归

属青岛第十二中旅游学校。

青岛馆陶路长途汽车站是青岛市最早的长途汽车站，也是全国最早的长途汽车站之一。

往事如烟，百年风雨过后，馆陶路沿街这些欧洲风格的建筑物，似乎还在向过往的人们诉说那数不尽岁月中的万般风情、那些鲜为人知的人间苍茫。

"人生易老天难老"，在市北区政府精心打造下，馆陶路恢复了青春，你看那栩栩如生的主题雕塑、万般风情的欧式水景、大楼的着色和室外石料的铺装、座椅咖啡座、绿化花钵、铁艺栏杆等的精心布置，德国风情街给我们带来一种舒适宜人的环境。

看那街道小品设计上，环境中配有人性尺度的欧式青铜雕塑，配合场地景观构筑物，还有匾额、旗帜、店幌、灯具、花钵等，强调欧式风格及金属铁花装饰；建筑立柱外摆放欧式花钵、瓶饰，通过统一设计来衔接空间，融合在商业环境当中。在环境节点上将设计 5

处不同风格的街景，不仅形成特有的商业氛围，而且让整个街区
更有文化韵味。我们悠闲地游览在馆陶路，确是感受到了异国风
情，我们也深切地感觉到："德国风情街——馆陶路是我们青岛
的名片。"

青岛历史上的"日本街"

在青岛建制 100 周年的今天，追溯青岛的历史，德国、日本侵略者的影子无处不在。但是，本文仅以日本商家及居民区的几条主要街道重点回顾介绍，简称青岛历史上的日本街。

1914 年，日本战胜德国而侵占青岛。自此，日本侨民大量涌入，数量骤增，最高达 24500 人，相当于当时青岛市区人口的 27％。进入青岛的日本人既不愿在台东、台西、鲍岛等市区与中国普通老百姓同住，又无法在前海以及繁华地带插足，便在聊城路一带开辟新的日本居民区，修建大批的房屋。日本人把这个新建的居民区称为"新町"，"町"相当于"街区"之意。除将聊城路更名为"中野町"外，对其周围的马路皆冠以"新町"二字。如茌平路为新町一丁目，博平路为新町二丁目，高唐路为新町三丁目，夏津路为新町四丁目，武城路为新町五丁目，清平路为新町东道，临清路为新町西道。"丁目"在汉语中是"支路"之意。日本人甚至将第三公园命名为"新町公园"。

从 1914 年到 1945 年，聊城路和这些街道都属于青岛的"日本街"，因为这里的建筑是日本式的，居民是日本人，游客和行人也大多是日本人，商店的广告也是日文的。马路上店铺林立，霓虹灯五光十色，是当时青岛市区仅次于中山路的繁华街道。

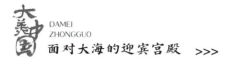

在聊城路，除了有形形色色的日本商店，还有最能突出日本特色的"日本料理"。其服务是日本的接待方式，有艺伎侍奉，房内摆设高雅，饭菜精美可口。

聊城路、胶州路口曾是青岛最大的一家和式饭店，房间豪华，侍女靓丽，厨艺高超，四周也环以花园，是当时的高档饭店，叫"第一楼"，到这里来吃喝的均是社会上层人士。1925年，青岛的日本纱厂工人大罢工，大军阀张宗昌来青岛处理，日本财团在这里设豪宴请张宗昌，并送上厚礼。4月29日张宗昌下令向参加罢工的中国工人开枪，导致了"青岛惨案"的发生。新中国成立后，

"第一楼"被拆除建成的市交通局大楼，是聊城路第一座新楼。

聊城路是日本的商业一条街；而临清路则是娱乐和饮食一条街，吃喝玩乐、花天酒地的消费者绝大部分是日本人。

临清路还有48家日本饭店，第一类叫"料理"，临清路上有新高、川柳、茅二喜久亭、相模屋、东明、久乃家、朝日馆、七福、第二松福、吉田屋、翠目、安高楼、青岛馆、尾张屋、常盘楼、登茂荣、众来馆、福茶馆、东洋馆等。第二类，日文中叫"食堂"，属于饭铺，不供应炒菜，主要是卖饭，日本人以大米为主食，一般供应米饭及汤类，也供应"便当"（弁当），相当于我们今天的"盒饭"（它的"盒"是用火柴盒一样的木片做成，一次性使用），就是在米饭上加不同的菜。

聊城路旁边的市场三路也是地道的日本街，原来在明清两代，在聊城路、市场三路一带有一个小渔村，名为"孟家沟"。德国侵占青岛后，于1901年6月将孟家沟之居民迁走，房屋拆除，拟规划为市区，并在山坡的平坦处修了一条南北走向的沙土路，在山坡下开始挖土烧窑，所以，我们都把市场三路一带叫作"大窑沟"，1916年烧窑结束后才开始修马路，盖房屋。市场三路上的建筑设计的都是三层的楼房，紧邻的沧口路上却都是二层的楼房，两条路与两条长长的石阶相连，面临市场楼的一处石阶路还是建在楼房里面。对面的市场楼当时名字为"劝业场"，也叫"公立市场"，建造于1917年年末，日本人叫它"青岛市场"，也叫"劝业市场"。

1945年以前，市场三路的商店大部分是日本人开的，有东京庵荞麦面店；以卖清酒为主的酒馆叫"饮食店"，这条街上有多福、田舍两家；另外西餐店有明星，咖啡店有大和，茶座有映画庄，"映画庄"这个茶座，是电气馆的附属店。电气馆是日本人在青岛开的第一家电影院，是日本人三浦林三以开设电气馆这个电影院起家，又开了青岛映画剧场（青岛影剧院）、东洋剧场（胜利电影院）。除映画庄茶座外，还开有若草餐厅、三浦美术社、三浦电器商店及妓院，他是日本在青岛艺伎组合的会长、日本居留民团委员，还是黑龙会会长。

新中国成立后，电气馆曾叫"友协""东风"影剧院，演过话剧《阿Q正传》，现在的著名女导演潘霞即是从这里开始了她的艺术生涯的。

堂邑路与市场三路转角处的堂邑路邮局，是典型的日本式建筑。曾为日本邮便局。一层为邮政营业大厅，二、三层为办公用房。建筑的主入口设在转角位置，立面采取中轴线式设计手法。墙面为花岗石与米黄色水泥墙体相结合方式，以粗鲜菇石筑底部。建筑主体系平顶，呈"集仿式"风格。建于1917年，现已被拆除改建。

位于聊城路东侧的吴淞路和东端的德平路也属于日本人居住一条街，有两处大型日本会社的宿舍楼，日文称"寮"，所以近德平路一端的吴淞路上开了几家日本料理店，其中有菊乃屋、金城、牧野、丘上等。另有斋藤理发店、三河写真馆等，还有一处青岛有名的花店叫红绿园，在吴淞路6号，经营盆花、鲜花，有的人不买花，也来这里赏花。这里还有一座咖啡店叫"青岛小姐"，其旁为嘉房书店，以经营日文书为主，也有中文书，这一带是知识阶层常来的地方。

木村组是日本一家土木建筑企业，兴源商行经营皮革，东洋印刷所、信记洋行等都在吴淞路下坡一带。

抗战胜利以后，日本人大批撤离青岛，这里的房屋被当时的

统治者安排别用。如《青岛晚报》《民言晚报》在上海路。《青报》
办有《青报晚刊》在聊城路。《青岛晚报》只有晚报。《民言晚报》
是国民党青岛市党部所办，拥有滚筒印刷机。

陵县路与聊城路相连接，如同一条街。早在 1914 年年底，
聊城路两侧就成为日本人居住区，也是典型的日本街。

在陵县路，到处都有日本企业，如东映烟厂、富信公司、
长谷川运输公司、泉商会、蛭子组的商事部和运输店以及沼田
小儿科医院等。陵县路北段、馆陶路路口，是日本邮船株式会
社，经营青岛至日本、青岛至东南亚的航线，其邮船之一"西
京丸"载重 2845 吨，是客货两用轮，定期航行于青岛、大阪

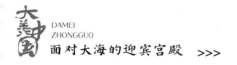

之间。

　　多年之后，这些曾经辉煌的街道和过去的楼房大部分已经被拆迁改造，取而代之的是高楼大厦。但是，这个区域在特殊年代的特殊遭遇和这一段屈辱的历史却深深地刻印在老一代青岛人的心中，并载入青岛百年建制的历史！

青岛的登州路啤酒一条街

　　青岛有了啤酒街，使青岛这个啤酒城更名副其实了，我和朋友们多次去啤酒街，那里的建筑、那里的氛围、那里的啤酒，还有那里的激情天天都在散发着芬芳，我们总是喝着那醇香的原浆啤酒，海阔天空地谈论着生活、学习、家庭，孩子等，到夜深还流连忘返。

　　德军侵占青岛后，1899 年在登州路建立了 Moltek 兵营，开办了服务于德军的酒吧，1913 年 8 月，英德酿造业公司日耳曼投资 44 万在 Moltek 兵营西侧建造了一间日耳曼啤酒厂，这就是青岛啤酒厂的前身，青岛啤酒就此诞生。登州路的酒吧开始销售青岛啤酒厂酿造的青岛啤酒。

　　从那时起，青岛啤酒已有将近百年的历史了，现在，登州路的老啤酒厂已经成了青岛啤酒博物馆，老厂区的设备、雕塑、老照片都在诉说着百年来青岛啤酒的发展历史，登州路两侧到处是啤酒屋，青岛啤酒在散发着芳香欢迎着人们的到来。

　　1967 年我在青岛啤酒厂当过临时工，那时上早班、中班、夜班，每天都要步行登州路赶到厂里，那醇香的啤酒经常让我们忍不住带几瓶刚出锅的啤酒回家解馋。那时，大街上的小铺里用罐头瓶子装的是生啤酒，每罐头瓶要两角钱，我的父母经常让我下班时从小铺给他们捎一罐回家。看到父母喝完啤酒那高兴的样子，好像青岛啤酒是世界上最美味的饮料，喝青岛啤酒是最幸福的事情，我恨不得会变魔术，给他们变出一大缸青岛啤酒，幸亏在厂里的工人每个月可以发10瓶内销啤酒，我带回家看到两位老人高兴的样子，我也特别开心。

1968年，毛主席发出了知识青年到农村去的指示，我们临时工被迫离开啤酒厂到农村去接受再教育，1972年12月我作为被教育好的知青回到城里就业，却恰巧分到青岛饮食服务公司的下属企业。那时，我们老知青都分到了饮食服务的各个企业，无论到了哪个饭店都会碰到有老知青在那里工作，老知青相见，免不了喝几杯，不知不觉，日子就沉醉在那啤酒的花香泡沫中。

转眼间，几十年过去了，我们的年龄已经到了当年父母知天命的年龄，现在父母早已经离开了我们，他们没有等到到啤酒街逛逛的那一天，去享受一下到啤酒街饮酒的福气。

走在啤酒街上，脚踏着人行道上的绿、红、白、米黄等颜色的马牙石，啤酒街东端高

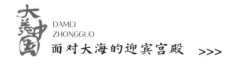
大的景观拱门雕塑，啤酒瓶、酒杯、泡沫成为街景节目的主题，看到马路上采用自然生态的绿色基调铺设了环保彩色沥青车行道，看到在 LED 流水灯光柱的照射下，"啤酒"源源不断地喷向对面的酒杯，如此逼真的效果，令人大开眼界，心旷神怡！

在流淌着欢乐的音乐中，随意找一个古色古香的啤酒小屋，上盘蛤蜊，拌八带、海肠、海螺、烤鱼等小菜，那气氛，那情调真是不醉也得醉。

马路上，许多光着膀子的大汉提着装满啤酒的塑料袋，看来是回家喝的，我想起了外地人形容青岛的一句话："青岛有一大怪，啤酒装进塑料袋。"在我们青岛，喝啤酒就是如此潇洒、痛快。

在登州路中段原老啤酒厂区的办公楼，老蒸锅出锅车间，已经改造成了青岛啤酒博物馆，展出面积约 6000 平方米，分为 3 个参观游览区域，第一部分以文字、图像和电子影像为主，可以了解青岛啤酒的起源、啤酒厂的百年历史和啤酒文化、青岛啤酒厂获得的荣誉、青岛国际啤酒节、国内外重要人物来青岛啤酒厂

参观访问的情况。那些其祖辈曾在啤酒厂工作过的德国人和日本人捐献的文物史料，是博物馆展出的最宝贵资料。

第二部分以啤酒车间环境和生产流程为主，我们游走于啤酒厂的老建筑物、老设备之间，目睹啤酒生产场景，了解青岛啤酒的生产流程、精湛工艺及历史沿革。我看到了我曾经工作过的地方，装瓶刷瓶子流水线的老机械，触景生情，我想起了我们的车间主任庄师傅、毛师傅，还有那和我一个车间的严师傅，他们可能都已经不在人世了，但是他们对青岛啤酒厂的热爱和感情却永远影响着我，鞭策我前进。

第三部分是品酒和多功能区，每一位参观者在此可以免费品尝一杯啤酒，当然对于酒量大的显然是不过瘾的。据了解，近一段时间以来，青岛啤酒博物馆的热度也日益升温，很多外地、台湾甚至外国游客也慕名而来，其中一天里他们接待了1700多人，创下了日接待人数的新高，啤酒街让更多的人开始走近青岛啤酒文化和历史。

参观结束，参观者可以获得一瓶贴着自己肖像标签的啤酒，此乃很有创意的做法，既宣传了啤酒厂，还让我们的参观获得了永久的纪念，当我们参观后拿着那贴着自己肖像商标的啤酒时，确实感到新奇、高兴。

我喜欢啤酒街，喜欢那些带有欧式风格的建筑，喜欢登州路啤酒街60多处的酒店、饭店、酒吧，它们成了青岛市民聚会的场所、外地游客来青岛旅游的首选之地，成了岛城"永不落幕的啤酒节"。百年的青岛啤酒，酿造了激情，酿造了文化，酿造了历史，酿造了青岛人的自尊和自豪，酿造了青岛的啤酒城。

历史悠久的市场三路

　　市场三路属于历史上的大鲍岛村，俗称"大窑沟"。市场三路原是大鲍岛东山下的山沟，路南到沧口路陡坡处曾是一片树林，又是德占初期建窑烧砖瓦厂所在地，所以地势低洼，比较平坦，"大窑沟"也因此而得名，这里又靠近小港码头，渔民靠岸卸货，购买物品的比较多，所以这里是最早开办的商埠之一，是一个热闹的民间贸易集散地。1923年4月17日，日占时期"大

窑沟"被改称市场三路，沿用至今。

市场三路在新中国成立前就是一条繁华的马路，最早在西面是东洋人设计建造的市场楼，一楼卖蔬菜水产品，楼上是百货家电。由于市场楼有电梯，在那个年代可真是稀罕事情，许多人为了体验一下电梯也都到大窑沟的市场楼购物，所以，市场楼在民间又称"老婆孩子商店"。

30 年代，聊城路、陵县路是日本人居住的街道，俗称"日本街"，所以日本商人光顾市场三路做买卖的比较多。

市场三路的东面，早在 1919 年时，日本军曹三浦林三（又名三浦林藏）在市场町三丁目东头开设了一家电影院——电气馆（东风电影院）。电气馆前身是个木场大院，后归三浦林三所有，建成一层平地式电影院。"七七事变"后，随着日本人在青岛居住的人数增多，把影院改建成二层楼房，占地面积 960 平方米，影院观众厅内设座席 600 个，于 1920 年开始营业。院内设备比较豪华，主要供日本人使用，票房收入可观。1945 年日本投降后，电气馆被南京国民政府接收，改名为"重光电影院"；1946 年改名为"神州电影院"，1948 年改名为"电化教育馆"；青岛解放后，该院由胶东军区文工团接管，1950 年，该院一直属中苏友好馆领导，改名为"友协电影院"，属市军管会文教部领导，1955年9月归属文化局领导；60年代改名为"东风电影院"。

解放初期，市场三路是青岛市水产品最丰富的地方，渔民们从小港码头卸货，鱼贩子就把半尺长的物美价廉的海捕大对虾、渔民们兜售的刚刚捕获的新鲜大鲅鱼、各种海鲜，很便宜地销售，只为换钱购买日常用品好再去出海，这种现象一直延续到70年代，还有渔民挑着网兜，网兜里装着几条大鱼叫卖，记得我送朋友，晚上曾经买到过两条大鲅鱼，每条5斤多重，一共花了5元钱，不过，那时我们的工资每月也只有34元钱。

市场三路和阳谷路拐角，有一个回民商店，那里负责给青岛市回族居民供应牛羊肉。那时候，物资匮乏，青岛市居民吃猪肉都要凭票购买，由于插过队、下过乡，很喜欢吃肉。我每天走到那回民商店总往里面张望，想去买几斤牛羊肉吃，卖肉的师傅姓

曹，他好像看出了我的心事，竟然破格照顾我买了两斤，以后每个月我都要去找曹师傅买几斤肉，后来，我才知道他是青岛市的武术名家。

80年代，市场三路建造成农贸市场，那时的市场三路每日人来人往、熙熙攘攘的到处是购物的人群，加上即墨路小商品市场的开放，这里成了老市北最繁华的区域。那时的市场三路，有鲜活的海虾、海蟹，还有新鲜的海捕鱼，真是应有尽有，就如现在人们常说的一句话：只要你有钱就没有办不到的事情。真是这样，开放的社会和开放的市场给我们的生活带来了翻天覆地的变化，使我们"逃出了"拿着钱买不着想要的东西的窘境。

时代在发展，在进步。市场三路周边的改造，使这个老市场彻底改变了模样，市场三路最西头的邮电局的改造，市场三路百货店（市场楼）的改造，市场三路两侧居民楼的改造，一座座高楼大厦矗立在市场三路两旁，虽然由于市场的退路进室使马路上减少了人流、喧闹、交易和繁华，但是，市场三路已经向现代化的未来迈开了坚实的步伐，相信明天会更好。

锦州路在科技街的
改造中消失

  锦州路、锦州支路是 20 年代的老路，即将在科技街的再次改造中彻底消失。路过吉林路、泰山路，再去看看锦州路，锦州路的西段在科技街的改造中已经消失，东段现在已经开始拆迁，还有那熟悉的胜利电影院，童年时代我们经常来看电影，电影院旁边两侧的马路沿上，摆满了连环画，那时的我特别喜欢看连环画，1 分钱两本，我积攒着给妈妈买酱油、买盐等商品剩下的每一分钱，几乎每天要来看两本。现在已经是墙倒屋塌，遍地砖头了。记得 50 年代全国刚解放的时候，经常有国民党的飞机前来骚扰，在一次空袭警报中，飞机扔的一颗炸弹没有爆炸就落在胜利电影院附近，成为趣谈。

  看来市北区医院还没有开始搬迁，照常营业。据说，医院领导正在和开发商谈判改造条件。正在拆迁的锦州路那熟悉的永红幼儿园，连接锦州路和泰山路的"神仙胡同"，还有整条仅有 200 米长的锦州支路，都是我童年和同学们游玩的地方，现在是砖瓦遍地，被高高的蓝色铁皮围挡拦起，准备改造了。

  根据档案记载：日本侵占青岛时期，在若鹤山（贮水山）

下建了神奈川町，1922 年改称锦州路，锦州路在 20 年代也很繁华，曾经有过长途车站（靠近辽宁路加油站），还有洋行、商店。居民仍以日本人为多。在锦州路上有日本人开设的上村商社、细野吴服店、新亚商会等。锦州路、桓台路口开设了一家"若鹤市场"，市场呈"口"字形，中间广场北部建有一座稻荷神社，四周的商店有日本商人开设的吉上商店、吉村商店、竹村洋品、大吉饮食店、肥前屋、今富商店等；中国商人开设的荣利顺、德成号等。锦州路北端，曾有中国人开设的一家永乐戏院，戏院不大，可容纳 300 多位观众，主要演出京剧，也演"落子"（评剧）。旧青岛，地方戏如柳腔、茂腔进不了剧场，剧场演京剧排第一位，第二位的剧种就是"落子"。青岛沦陷时期，日本人三浦林三拆了这座戏院，改建了现代化电影院叫东洋剧场，专演日本电影，日本电影制片厂的新片刚拍好就可以在这里放映。抗战胜利后初名为远东剧院，后改称民众剧院，再改称胜利电影院。1947 年，因国民党匪兵看电影不买票，反而殴打服务员，砸毁大门，全市电影院联合大罢映，胜利电影院的职工积极参加了这次运动。1949 年 6 月青岛解放，初

期由人民解放军 32 军接管。32 军文工团在这里公演了著名歌剧《白毛女》，这是这部歌剧第一次在青岛演出，许多观众都从很远的地方专程来看演出。他们还演出过歌剧《刘胡兰》《三世仇》等。后影院又交给地方，作为青岛市文化局下属影院，一度改为红光电影院，后又恢复叫胜利电影院。

我记得在 50 年代，锦州路靠近章丘路，看到过拉洋车的，在辽宁路科技街两侧，有许多汽车车站，也许就是当年长途车站的印记和延续。在我们吉林路大院一楼曾经住着一个姓侯的老人，据说他就是 20 年代在锦州路做洋行生意的。他媳妇有病，没有孩子，在 60 年代为了给媳妇治病，他听信了街上的传说，买了一只公鸡，天天用注射器抽出公鸡的血再注射到妻子的血管里。

我印象最深刻的还是锦州路的小茶炉，它位于已经消失的锦州路与邹平路拐角，那个时代，夏天没有烧炉子的，喝开水都是去买，1 分钱一燎壶，那一壶能灌将近两暖瓶水。

锦州路这家茶炉和小商铺连在一起，主人好像姓杨。他的临街房间仅有 10 平方米左右，靠窗放着一个烧水茶炉。小茶炉高两米多，直径也足有 1 米，小茶炉上端有一根汽管，穿窗而过，上面装有汽笛，每当小茶炉的水开了，白色的热气就会从铁管喷出，冲得汽笛发出刺耳的哨声，虽然我们相隔一条街道，但也听得到。冬天就没有去茶炉买水的了，因为家家生炉子，顺便能烧开水，小茶炉就只卖商品了。邻居们说："那姓杨的老板后来瘫痪了，他有两个妻子，本来都已经离开他了，但是看到他病了，又一起回来照顾他，照顾他的生意，直到拆迁，之后再也没有见到那两位老人和他们的小茶炉。"

同时消失的还有吉林路小学的分校，那是我童年的母校，吉林路小学是 40 年代抗战后成立的，没有锻炼的操场，很狭窄的校区，却因为拆迁少了一个分校。据说，开发商已经给学校补偿。

锦州支路很短，仅有 60 米，锦州支路 8 号是锦州路两侧最大的院子，因为院子里面分了两个院，共 50 多户，南面是 3 层楼，2 层南面是锦州路的门头房，北面一楼是辽宁路的门头房。我在吉林路小学上学时有许多同学住在里面，童年时代经常在他们院子里学习，学习结束就在附近游戏。我有一个姓黄的同学，他的父亲经常在锦州支路扎一个大棚子卖早点，他的油条格外好吃，个大，酥黄。他的豆浆是用石头磨磨的，很好喝。尤其是他卖的甜沫比豆浆更吸引人，他卖的甜沫 5 分钱一碗，油条是用香油炸的，3 分钱一根，油条搭配甜沫一起吃那味道可真叫绝。嚼一口油条，喝一口甜沫，那种味道会激起胃中的酶和口中的味蕾有一种交替的享受，所谓甜沫的基本做法和用料是：在锅里先把水煮好，依次加入豆干、碎粉丝、豆腐泡、已经煮烂的红小豆、花生米等配料后加入用水调好的小米面，放入盐、味精、胡椒面儿、食用碱等，等再次开锅后就成粥了，稠度大是上品，这时再加入适量已经烹好的葱油。甜沫就可以出锅了！

每天早晨 5 点他们老夫妻就开始忙，一直忙到早晨 8 点以后，后来，我那姓黄的同学就业去了 4808 军工厂，也许因为职业的特殊性，未到 50 岁就因病去逝了，他们老两口也早就离开了世界。我同学的姐姐黄继红很有文采，曾经是一家饭店的经理，后来退休。经常看到她在报纸媒体发表文章。

锦州路东头基本是居民区，锦州路 1 号有弟兄两个都是我同

学，哥哥学习不好，弟弟学习很好，哥哥因为老是留级不去上学，后来就业工作了，弟弟因为学习好反而下乡了。40年后，哥哥也退休了，最近我去中山公园，看到许多老年朋友都在牡丹亭唱歌，伴奏的竟然是他哥哥，我曾经的小学一年级同学，他也能认出我来，简直是奇迹。他的二胡拉得如泣如诉，悠扬动听，比我拉得强上百倍，面对曾经的一年级同学，我不由得感到汗颜了。

锦州路在这次吉林路、泰山路片的拆迁中即将完全消失了，它的许多故事却依然存在，存在我们的记忆里。

新疆路的青岛海关

　　青岛新疆路是海港码头前面的第一条路，历史悠久，它的西面连接冠县路、中山路、市场三路，东面的一部分已经归于青岛港码头，北面是大海。

　　青岛三面环海，是世界著名的良港，有着天然的深水码头，交通便利。早在宋代，宋神宗元丰六年（1083 年）就曾经在密州板桥镇设立市舶司，代行海关的管理职能。板桥镇市舶司是北宋在全国设立的 5 大市舶司之一，也是长江以北唯一设市舶司的大口岸。此后的胶州湾海面上，中外船舶进进出出，千帆竞发，呈现出前所未有的繁荣景象。据《宋史》记载，当时板桥镇港区进出口货物的吞吐量，远远大于杭州和明州（宁波）这两个设市舶司的大口岸。板桥镇和其他 4 个设海关的大口岸，光征收的一进一出，各十分之一关税这一项，就使北宋的国库空前富足起来了。

　　1859 年，咸丰皇帝敕令崇恩派人视察登州、莱州和青岛各处海口，并于同年在山东沿海设立 6 处厘税局。其中，青岛地区有塔埠头、金家口两局，另在青岛口、女姑口设分局，关税的征收统由厘税局办理。1865 年，在青岛口、塔埠头、金家口先后设立常关，灵山卫、女姑口、沧口、沙子口、登窑和薛家岛等地设常

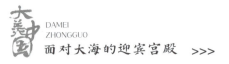

关分卡或代办处。由此可见，在板桥镇设立北方第一海关的重要性，板桥镇指现在的板桥坊。

青岛海关位于市北区新疆路 16 号，始称胶海关，1950 年更名为青岛海关。胶海关大楼，建于 1913 年 8 月至 1914 年 4 月，1914 年开始投入使用，由德国人施特拉赛尔设计，德国汉堡阿尔托纳区 F.H. 施密特公司施工，建筑造价约为 18 万马克，占地 0.8 公顷，4 层，建筑面积 2824 平方米，砖木结构，为当时青岛最高的办公大楼，设计上利用高的斜屋顶，横向两处山墙为德国青年派风格，主入口开在纵侧面，由造型简单的圆壁柱承重，窗台板利用条石，黄粉墙，红瓦顶，整个建筑显得简洁大方。

　　胶海关在 1899 年设立后，青岛地区各常关及分卡与东海关脱离隶属关系，统归胶海关管理。主要常关机构有塔埠头、红石崖、灵山卫、大港口、女姑口、沧口、登窑、狗塔埠、薛家岛等分关、分卡或代办处。北洋政府收回青岛后，于 1922 年 12 月在青岛兰山路 5 号设胶海关监督公署，青岛各口岸常关、常关分关、办事处均归监督公署统辖。1931 年，南京国民政府财政部海关总税务司署对海关机构进行调整，所有常关改称海关，并重新划分了隶属关系。原东海关所属的乳山口、石岛、石臼所、陈家官庄、张家埠和金家口等分关、分卡改属胶海关监督公署。1937

年 9 月 30 日，南京国民政府财政部下令裁撤海关监督公署，只留监督一人。接着，南京国民政府又裁撤仅有一名监督的海关监督公署。日本第二次侵占青岛后，日伪北平临时政府又先后任命胶海关监督，在莒县路 2 号重设监督公署，内设庶务处和会计处，该公署仅起传达日伪北平临时政府公告、命令等的作用。

青岛解放后，胶海关在 1950 年改称青岛海关，在政府的关心下对外贸易不断增加，青岛海关也随着经济建设的推进在高速地发展。据了解，山东外贸经济回升向好趋势不断巩固，外贸进出口超预期增长，为海关税收提供了稳定的税源保证。国际市场大宗商品价格上涨和主要税源商品进口量大增成为海关税收增长的直接拉动力。

2010 年青岛海关全年税收入库 1103.9 亿元，突破千亿元大关，实现历史性跨越。其中，关税 101.15 亿元、进口环节税 1002.76 亿元，同比分别增长 43.3% 和 35.4%，入库额列全国海关第 3 位。至此，青岛海关税收已连续 12 年保持增长态势，尤其是"十一五"期间的 5 年，年均增长率高达 30%。

青岛海关是国家设在山东口岸的进出境监督管理机关，直属中华人民共和国海关总署，管辖范围为山东省全境，基本任务是出入境监管、征税、打私、统计，对外承担税收征管、通关监管、保税监管、进出口统计、海关稽查、知识产权海关保护、打击走私等职责。

延安路崂山大院的变迁

　　崂山大院位于台东区延安路南临字，东从现在的上清路西到延安三路。南从龙潭路到北边的台东一路，当时的崂山大院有居民412户，1162人。据说当年的崂山烟厂就是在现在的乳胶厂的位置，因为崂山烟厂雇用的"苦力"比较多，而"苦力"多住在崂山大院，因此许多人都以为崂山大院就是崂山烟厂的职工宿舍。其实，崂山大院20年代在崂山路（靠近辽宁路，华阳路的位置）。后来，当时的统治者对台东区的街道、道路进行统一规划，崂山大院的贫民们便迁移到南临字现在的位置。所以，许多人都以为崂山大院就是崂山烟厂的职工宿舍是错误的。

　　长期在市北居住，对市北的许多地方都很熟悉，尤其是崂山大院，因为那里曾经有过我的许多朋友。70年代，我的一个在2路电车公司开电车的朋友唐功秋因为结婚没有房子在崂山大院租住了一间小屋，仅6平方米，进门迎面就是一个土炕，上面铺着席子，放着被褥。炕头一个锅灶、风箱。一张吃饭的小炕桌放在土炕上，小两口的生活起居全部都在炕上。我当时去他家，他媳妇炒两个菜，用尼龙袋装了几斤啤酒，我们喝了起来，旁边就是延安路电车总站，好多电车司机下班也来到这个小屋坐下喝了起来。当凑到6个人时，我们摆上了扑克，打起了够级。

听唐功秋说："白天他们的房门从来不用锁，因为邻居大娘白天都在他家门口拉呱儿，说话。洗好的衣服根本不用自己收，只要干了，大娘们都会帮助收起，折叠好，晚上给送到家。"

院子的水龙头定点开放，唐功秋下班就锁住了，但是打开门口的水缸却看到水已经满了，原来是邻居的青年帮助挑满的。还有邻居大娘做了好饭，饺子、包子等都会给唐功秋送来，当然，那时候唐功秋的妻子开长途车，也经常捎回一些外地的稀罕产品孝敬邻居的大娘们。

唐功秋经常自豪地说："大院里的居住环境虽然十分恶劣，各家各户都把自己居住的小环境装点了一番，但是无法改变那乱石渣、土坯搭成的结构。在我们这个千余人的大院里，只有一个公共厕所和一个水龙头。无论刮风下雨，排队接水的人整日不断；要是赶上厕所被堵，居民的生活就更麻烦了。尽管条件很差，但这里的居民都非常厚道、宽容、乐观、热情，邻里之间和睦相处，充满了温情，你看我不在家，邻居都替我挑水，甚至买煤，买菜都替我捎带。"言语之间，充满了快乐。

崂山烟厂搬迁合并到青岛卷烟厂后，崂山烟厂原厂址建设起乳胶厂，恰巧我的老同学就在乳胶厂从事销售管理工作，他们厂也有许多工人住在崂山大院，因此我也经常陪伴他去他的同事家做客。他们厂的产品已经走向了世界，双蝶产品已经远销国内外，是联合国扶持的企业。

随着时间的推移，市北区政府改造了仲家洼，也改造了崂山大院，延安路电车总站早已经延伸到手表厂车站，崂山大院附近的青岛台东交电公司的延安路门市部、延安路饭店、延安路蔬菜副食品商店都已经被拆迁改造，这里到处是高楼大厦，海信立交桥，上清路过街天桥，环宇大厦，海信花园大厦，彻底改变了这里脏乱差的景象。据消息灵通人士透露：市北区政府将继续投资对太清路、榉林山、延安路的改造，崂山大院这个让人们难忘的地方正以崭新的面貌迎接新的未来！

青海路"新民里"
水淹片的变迁

　　市北区的青海路原来是青岛市区通往码头和铁路货场的主要通道，青海路两旁，有许多工厂企业和居民楼院，其中"新民里"是青海路周边地区最大的一个棚户区楼院。

　　由于青岛地处丘陵地带，青海路在贮水山下的最低洼处，路面基本和海平面相近，所以在大海涨潮的时候海水有时候会淹到路面，就是夏天极为普通的一场暴雨，那青海路也不能走汽车了，到处都是积水，有的地方水深处像一条大河。记得在1963年，青岛下了一场特大暴雨，海水上涨，青海路的各个下水道口也向上冒水，整条道路变成了一片汪洋大海，木器厂、锯材厂堆放在路边的原木树干和百姓的家具、生活用品浩浩荡荡被冲进大海，我母亲当时在青海路旁边的普集路外贸仓库上班，全厂工人都在抢运沙袋，堵海水，抢救浸在海水里的物资和出口商品，他们的厂领导指示，工人下班都不能回家，要保卫工厂。青海路旁边的大港三路、大港二路周边的双蝠面粉厂、锯材厂外贸车队等企业的工人也是在抗洪救灾，周边老百姓家的房屋也是家家进水，家具和炊具都漂向了大海。

　　我有许多小学同学在青海路 "新民里" 大院居住。因此，每当大雨季节，这些同学经常来我家学习，名为学习做作业，实际上是为了躲避那天上的雨水、地下的洪水。因为我们家在吉林路的上坡，属于贮水山的山坡了。大雨过后，我跟同学去他们的家，那可是一片凄惨景象，被褥衣服泡在水里，木盆漂到床上，铁桶在桌子上接水，我跟着同学和他妈妈一起流泪。

　　那个时候青海路新民里每家每户都用公用水龙头和公共厕所，院子里有专门管理公用水龙头的老人，老人每天早上冲刷厕所，并于6点至9点、16点至19点开放公用水龙头。家家户户都准备一个水缸，每到早上和晚上，老人敲打一个小铁桶，表示开水龙头了。这时，人们提着大桶小罐、燎壶等器皿，到公用水龙头排队接水，这些大桶小罐发出的响声好似交响曲，也有人把木盆直接挪到水龙头下水道旁边，洗起了衣服。那时候，提水都要现场付款，一般是 1 分钱两大桶，或者是发水牌，根据每家用水牌数月底结账。

在 70 年代以前，那时的青海路路面没有铺沥青，汽车过后，尘土飞扬，靠近青海路的孟庄路、华阳支路都有大上坡，当时承担本市主要运输任务的地排车由于全部靠人力拖拉。因此，许多穷苦孩子腰间捆一根绳子，在这里靠活拉崖也是青岛市的一道特殊风景。我和弟弟们每到暑假，也是经常守望在路旁，给那些拖拉地排车爬孟庄路陡坡的工人拉崖，以赚取下学期的学费。

青海路旁边的大港煤球厂担负着向我们几个办事处的居民委员会社区的人们供应冬季烤火煤的任务，由于煤中的石头比较多，需要雇人从煤中把石头拣出去，每拣 1 斤煤石头，大港煤球厂给 1 分钱，我和弟弟经常在这里拣煤石头，一天下来，也能赚3 角到 5 角钱，直到我和弟弟下乡插队后才结束了这些又脏又累的拣煤石头的工作。

1998 年年初，市委、市政府向全市人民做出了"决不把棚户区带入 21 世纪"的庄严承诺。市委、市政府把剩余棚户区改造工作作为一项严肃的政治任务，列为全市的民心工程、"一把手"工程和世纪工程。

1998 年 7 月 6 日，

市北区委、市北区政府召开全区剩余棚户区拆迁改造动员部署大会，成立了由区长吴经建任组长，区委、区人大、区政府、区政协有关领导任副组长的棚改工作领导小组，领导小组下设指挥部，常务副区长单强炜为区棚改工作指挥部指挥，市北区青海路水淹片棚户区拆迁改造工作又拉开了序幕：该片共7个自然街坊，拆迁居民1056户。

12万多平方米的工程建设，彻底结束了"水淹片"房屋进水的历史，让青海路"水淹片"周边群众和我的小学同学他们的"新民里"大院1056户居民搬到了新居，受到社会各界和广大群众的赞扬。

现在的青海路，高楼林立。与辽宁路的科技街遥相呼应，宽敞洁净的街道，现代化的物业管理小区，处处显示出大城市的气魄与情怀。我经常去辽宁路的科技街办事，当我走到辽宁路，总想到去泰山路吃那风味独特的烧烤，夫青海路吃那大馅的水饺。还有去那大港三路的旧货市场、昌乐路文化市场寻找那不可多得的古董、生活用品和办公用品。

现在的青海路"水淹片"属青岛市市北区泰山路街道办事处，其物业管理工作由青岛市吉利物业公司管理。过去青海路水淹片"新民里"那些大院的老建筑已经荡然无存，取而代之的是那一排排崭新的楼房。只有我们这些老居民还经常来寻找那过去的遗迹和童年的乐趣，给孩子们讲述这些过去的故事！

童年的街里——中山路

　　"一、一、一二一，跟着爸爸上街里，买书包，买铅笔，上了学校考第一。"这是我童年时候经常和同学们、邻居的孩子们一起唱诵的歌谣，那时候，我们居住的小鲍岛只有辽宁路有两个文具店——敬城文具店和胶东文具店，门头很小，仅约20平方米的样子，两个门市部距离不过100米，但是商品很少，真正买文具还是要到中山路，也就是去我们童年的街里——中山路了。

"街里"在我的记忆里是豪华的，到处是高楼大厦、国货公司、第一百货商店、妇女儿童商店、环球文具店、亨德利钟表眼镜店、红波家电，让您逛不过来的百货商店，看不完那琳琅满目的商品。至于那高大的青岛饭店、古色古香的春和楼大酒店、谷香村、劈柴院小吃街那是我们普通百姓的孩子可望而不可即的地方。

中山路的建设银行和外贸食品大楼的建筑是我童年感到最震撼和仰慕的，那高大的石柱、门楼的石雕富丽堂皇，高大肃穆，门前龇牙咧嘴的一对石头狮子总让我想起童话中那会说话的有求必应的石狮子。

童年的时候想去"街里"总想让父亲带我到天德塘洗澡，因为那里有电梯，有更衣橱放衣服，而高密路的中华池、益都路的华新池却都没有更衣橱，而是用一个大网兜，把衣服装进去后，服务员用长竿子把网兜挂在墙顶部的管子上，管子上有许多钩子，墙上按照顺序写着编号，网兜上挂着牌子。每次在天德塘洗澡结束父亲就带我去国货公司，再享受那国货公司坐电梯的乐趣，那感觉可美了，尤其是回到家中，和邻居的孩子们讲述起街里的繁华，乘坐电梯的魅力，小伙伴们都听入迷了。

随着年龄的增长，中山路的新华书店是我光顾最多的地方，那时候，中山路有三处新华书店，另外高密路有一个外文书店和图书批发部，我去那里，主要的是为了看书，因为家中生活困难买不起书，就因为经常去看书，和书店的许多售货员都交上了朋友，他们总是询问我要看什么书，然后帮我寻找。我的大部分周末是在书店度过的，许多知识也是在那里获得的，我记忆最深刻的是用几个月午饭节省下的几角零钱在那里购得的一本毛主席诗词，如获至宝，每天诵读，竟然在1965年就能背全书，记得老师在讲述课文中毛主席诗词的时候，让我站起来朗读，我竟然没看课本就能背诵，让老师和同学们都大吃一惊。

1966年，当时学校停课，我也有了更多时间去街里新华书店看书，每天步行1个小时往返中山路看书，看热闹。那时候由于街道拥挤，中山路的电车、汽车基本跑不动，比步行还慢，上下车没有买车票的，售票员也不管。

我是1968年去农村插队的，谁知在1973年我又从农村分回到青岛，竟然分到"街里"中山路的服务业工作。每天的服务接待工作让我结识了许多商店的朋友，最值得炫耀的是中山路的各大饭店，像青岛饭店的尹泉、徐一青、邓忠、李大中，春和楼的牛经理、孙桂琴书记，前卫旅社的马绪光等，只要走到他们店，肯定会得到他们的盛情款待，起码也要吃饭店的工作餐。那个年代，能吃一顿饱饭就不容易了，下馆子、喝啤酒那是一般老百姓不敢奢望的！

1975年，商业局在青岛饭店地下室办了一个大型的阶级教育展览会，当时由公司政治部的方瑞启部长直接抓这项任务，我被委派做文字编辑，那个展览会分6个展室，从青岛建市，德国侵略者、日本侵略者的罪行到旧社会各个店的历史，新旧社会的对比都系统地做了介绍，展览会举办得很成功，那是我编辑文字的第一个展览会。

在70年代，天主教堂已经被破坏，高大的铜制十字架被造反派取下送到炼钢厂熔化掉，里面的设施也被破坏，它的房产被服装一厂和仪表局用来做厂房，我与服装一厂的工会主席杜增刚交往不错，经常跟他走进那些还有过去教堂遗迹的房间厅堂，叹息那些超人的艺术被破坏，这时，好像听见黑暗中那些神父修女还在轻轻叹息。

在靠近广西路的位置，有青岛市南文化馆设置的诗画廊橱窗，当时编辑诗画廊橱窗的是吕铭康老师。我喜欢写诗歌，便经常去投稿，每当橱窗里展出我的作品，心里那个甜蜜，不亚于现在发表了一篇散文和小说。吕铭康老师今年虽然已经70岁了，但还精神抖擞地在文坛耕耘，出版了好多文学作品，是青岛著名的作家、评论家，是值得我们敬重的人。

在中山路和德县路拐角，有一个乐口福饭店，那是饮食服务学校的实习饭店，记得有一个负责实习的教师叫董书山，由于我们都属于服务业，所以经常去麻烦他，让他请吃个打卤面、肉片面也是一件乐事。现在董书山是酒店管理学院的老教授了！

亨德利钟表眼镜店是个百年老店，那里的郑师傅是个和蔼可亲的人。在一次偶然的机会中我认识了他，他也经常免费帮我给手表擦油，并帮我给朋友购买了一块上海表。在70年代，买手表是要凭票的啊！后来我才得知，郑师傅的父亲是亨德利钟表眼镜店的创始人，我不由得对郑师傅肃然起敬起来，那么大的家业，那么精湛的修表技术，竟然没有一点儿架子。对于任何人，在任何场合都是满面笑容，虽然我们有几十年没有见面了，但他和蔼可亲的形象至今令我难忘！

天真照相馆是我们青岛饮食公司的下属店，在学生时代我们都为能在天真照相馆照一张相片而自豪，我的结婚照片就是在那里拍的，为了表示照顾，老同学李正始免费给我的结婚照片冲洗成了彩色，30多年了，那张彩色的结婚照至今珍藏在相册中。

在中山路与四方路拐角、新亚旅行社的对面，有一个闻名全市的小屋，面积仅 10 平方米，却是青岛市资格最老的邮票老板的营业处，许许多多的集邮爱好人士都是从这里起家发迹的。我的童年也在这里积攒下几百套邮票，至今还在抽屉里珍藏着呢！

中山路两侧的梧桐树很有特点，由于马路上要跑汽车，所以园林工人不断修剪那些伸向马路的树枝。梧桐树就在人行道上空拼命生长，所以童年的中山路不用担心太阳暴晒、下雨浇身。但是在 80 年代，市政府要搞步行街，竟然把中山路这些具有灵气的百年老树全部伐光，中山路在哭泣，百年老树在哭泣，树没有了，中山路的繁华也没有了，取而代之的是台东商业街和东部商业区。

中山路的天府酒家就是原来的前卫旅社饭店，在 70 年代我受公司委派去那里布置阶级教育展览室，和当时的孙书记、马绪光经理交往深厚。旁边的工艺美术商店是我最喜欢光顾的地方，因为那里的商品最能代表青岛的风貌，尤其是贝壳产品，那是闻名全国、享誉全世界的。据说，从 20 年代到 40 年代，那里曾经是青岛市历史最早的影剧院之一。

中山路与冠县路交接处是饮食服务业的省先进单位新港饭店，那里的张经理和李正芳书记虽然已经快退休了，每天却和工人们在一起劳动，他们的卫生确实做到一尘不染，做出的饭菜可以放心地吃。我在那里进行宣传教育的日子里每天和张经理、李正芳书记交流，确实感受到了他们的为人就是现代版的雷锋。

"街里"的繁华带动了周边地区的繁荣，后来的市场三路百货大楼、农贸市场、即墨路小商品市场、四方路农贸市场等在 70年代到 80 年代都繁荣了整个"街里"！

　　但是街里的伐树却终止了这个地区的繁荣，由于我工作调动，也很少到街里去溜达了。有时候乘电车经过中山路看到的是一片冷清和萧条景象，也许现任领导觉察到了萧条的根源，在中山路两侧开始植树，中山路又有了绿色，我似乎感受到有一种青春的力量在增长，在蓬勃兴起。我衷心祝愿我们童年的"街里"焕发青春，再次成为青岛商业的龙头。

记忆中的台东新华里大院

　　我从小就经常听妈妈谈起台东的新华里大院，因为那里住着许多妈妈童工时代的染织厂同事。虽然妈妈后来离开了她们到外贸工作了，但是，她还经常提起她们在一起当童工时候的辛酸和她们在新华里大院发生的故事。

　　"新华里"大院的东面是威海路，西面是和兴路，南面是长春路，北面是洮南路。院子内的房屋大部分是平房，威海路和长春路临街有部分二层楼，院内通道有三四米宽，没有下水道，雨天院子里泥泞不堪。全院1300多户仅使用两个公用厕所、两个公用水龙头。

每到早晨，厕所排队的人都自觉地站在院子里。因为蹲位比较少，住户太多，早晨上厕所的多，满足不了使用需求。

水龙头每天定时开放，开水龙头的时候，也是自觉排队，铁皮水桶叮叮当当，有提水的、有挑水的，异常繁忙，一般是1分钱两大桶。

"新华里"初建时为市场之用，名为"新兴市场"，会集各行各业、三教九流，繁华一时，与大陆市场、东兴市场并称为台东镇三大市场。后随居住人员的不断增多而逐渐演化为平民大院。"二战"时日军侵占青岛时期，将之改名为"东亚里"。

新中国成立后，青岛市政府于1951年正式将之命名为"新华里"。

"新华里"，虽然也叫"里"，但它和一般"里"不同，实际上相当于西镇的平民大院，是一个大杂院，里面主要是平房，与"里"的格局完全不同。

新华里靠近长春路的是一排门头房，有茶炉、商店，还有一个小理发铺，靠近和兴路的拐角是一个修理自行车的小铺，靠近威海路的拐角是铝制品总厂，旁边是几家贸易公司的门头，院内也有小商店，还有一家说书场，本市优秀评书演员王宝亨等在这里说"蔓字活"——长篇大书，如《三侠剑》《大八义》等，每晚最后留一个大的"扣"——悬念，吸引观众第二天再来听。

新中国成立前，和兴路、洮南路延伸至南口路有一个集市，每逢赶集的日子，这里就显得特别热闹。新中国成立后南口路的集市被取消。

我进入"新华里"大院是1969年的正月，因为我插队潍坊农村的村革命委员会郭主任有个亲戚在"新华里"大院住，姓王，据说还是街道主任。村革命委员会郭主任让我在回青岛探家的时候给他亲戚带了好多土特产品（花生，萝卜），我扛着 20 多斤的口袋走进"新华里"，穿过长春路大门口，打听了好多胡同才找到，当时因为节前下雪地上好泥泞，好不容易找到他家。我在插队农村的那些年间，几乎年年给他们捎带东西。

还有一个是 70 年代的故事，那时我已经从农村返回青岛就

业，由于家中老屋狭窄，准备结婚的我到处找房子，借房子。我有一个舅舅过去曾经在长春路住，他推荐：在新华里有一间 12 平方米的房子出 500 元就可以买下来。我急忙跟着舅舅去看，原来是在最北边的胡同有一间低矮破旧的平房，阴暗潮湿，窗户向北，很少见太阳。就在我们找到房主准备购买的时候，他涨价到了 1000 元，我大舅很生气，拉着我就走了。后来，我在公司同事张春晖的帮助下借住了阳谷路的一间 11 平方米的小屋。现在想起来，如果当时 1000 元买下，现在就赚了大便宜。

1979 年，位于台东一路口至归化路口的威海路棚户区旧房拆迁工作启动，此次拆迁主要结合道路拓宽工程进行。

1980 年 1 月，《红旗》杂志发表《怎样使住宅问题解决得快些》一文，指出住宅是个人消费品的重要组成部分，应该走商品化道路。

最先进行改造的是新华里棚户区，原来也被称为"东亚里"，改革开放的第一年开始第一阶段改造，6 年后的 1984 年改造完成；又 6 年后的 1990 年，房管部门对剩余的棚户进行了系统改造。

根据统计："新华里"先后于 1964 年、1978 年、1980 年、1990 年经历了 4 次大规模棚户区改造，变成了如今占地 3 万余平方米、共 19 个楼座、居民近 1300 户的楼院，原建筑已不复存在，但人们习惯上仍称其"新华里"。

转眼间，20 多年又过去了，政府不断地投资对新华里进行改造，现在又一次针对大院楼房建设年代久、污水管道渗漏严重、粪便冒溢、地势不平等问题，他们已经将破损的 50 余米污水管道全部更新，新砌筑污水井 10 座，并准备在适当位置加设雨水箅子，敷设雨水管道，彻底解决这些问题。与此同时，该居民楼

院还完成了集中供暖和天然气主管道铺设。目前，已经有 600 户居民安装了暖气，800 户居民用上了天然气。改造工程还为该居民大院的 8 个出入口安装了 8 个大铁门，并设立保安人员对出入大院人员、车辆进行管控，同时为 55 个单元全部安装电子对讲门，增强了居民的安全感。

　　如今，"新华里"大院已随着城市的改造建设渐渐消失，而"新华里"大院留下的许多故事，却依然存在，留在我们的记忆中。

记忆中的向阳院

　　70 年代，向阳院遍布全市每一个角落。当时，青岛市的里院多，基本上都是以"口"字为基础，这跟中国传统院落是一脉相承的，都是在解放前建造租给中下层以及最底层贫民的。这些里院的建造都是在第一次日占期间，由于大批的移民涌入，小鲍岛开始建设，这些集中建设的院落没有名字，所以就以所处的街道或者院落里居住的人的行业命名了。如市北的新民里，新华里，我们家居住的大院叫福山里，这些里院都有一个共同特点，里院的门头房基本都是商用，院里还是住家为主。院子里都是十几户、二十几户、三四十户人家，各个家庭居住面积不大，都是十几平方米至二十几平方米的小房子，一门一窗为一间，面积通常为 14 ~ 16 平方米。据记载：1933 年全市共有"里"506 个，有房 16701 间，住着市民 12069 户，可见大部分是一户一间。每间月租 2 ~ 10 元。院子里的人共用一个厕所、一个水龙头，厕所和水龙头都在院子中间。

　　记得从 20 世纪 70 年代开始，青岛学习烟台开始办向阳院，仅仅几个月，向阳院便在全市里院推广开来，每条街道的里院名字变了，到处都是向阳院，我们吉林路 25 号大院的"向阳院"三个字是由书法家高小岩老师写的，因为他在院里也住了一间仅有 16 平方米的小屋，每天都与我们见面，给院子写门头"向阳院"的字是义不容辞的。

电影《向阳院的故事》在青岛上演了，这部 1974 年摄制的影片反映了退休老工人石爷爷带领向阳院里的孩子们利用暑假学雷锋做好事，并敢于同坏人坏事做斗争的故事。现在回想起来，虽然年代有点久远，但是电影里的情节我依然记得，那个捏面人的面人张，那个喜欢捉知了的小男孩，都在我的记忆里留下了深刻的印象。

那时，我们街道向阳院的大妈们戴着红色袖章认真地管理大院的一切事务，那年大旱，周日组织人去大沽河引水，大妈们晚

上就到各家动员，硬是把我们好不容易盼到的公休日给义务劳动了，为了节约用水，大妈们每家每户按人头发水票，只有晚上才供两个小时水，院子里这个时间是最热闹的，家家户户都派人排队，水桶摆满了院子。

我们院有40多户，孩子比较多，孩子们经常在院子里分成两帮踢足球，不过，不小心球还是能飞到玻璃上的，大妈们晚上就要找上家门，肇事者的父母花两角钱赶快请玻璃匠重新镶好，但这顿"揍"是跑不掉的。

我们家已经有我和大弟两个知青。但是，三弟刚毕业，街道的大妈就天天到我家动员，经受不住大妈们的宣传，老三又插队去了掖县，他是最后一批知青。

在我们大院的二楼住着一个70多岁的孤身老太太，她的孩子、孙子都在外地，没有人照顾。我们家弟兄多，每天都要帮助

老太太提水，到粮店买粮，甚至帮她买煤，生炉子做饭，老太太很感动。老太太去世后，她的外孙继承了她的房子。

我们院子的街道主任姓谷，是个很认真的老人，据说年轻时是北京的田径运动员，后来做教练，得过许多奖牌。我有个小弟弟很调皮，他跑到马路对面医学院5米多高的墙上游戏，不小心摔了下来，谷主任看到后二话没说，抱起来就往市北区医院跑，到医院缝了好多针。大夫说：幸亏抢救及时，不然流血太多就危险了。

那个年代，我们家兄弟们多，粮食定量不够吃，好多邻居会把自己家吃不了的粗粮票送来。当然，母亲也会把我们的细粮票折半送回，还要给人家油票，还个人情。所以我们小时候几乎天天吃玉米面窝窝头和地瓜面窝窝头，心中经常想：如果能吃上馒头，可以不吃任何菜。

我们向阳院各家居住条件基本一样，每家一间屋，有的大屋还分两家住，好多家都打着吊铺，吊铺上睡孩子，大人睡下面，一家人在床前的桌子上吃饭。虽说条件差，但里院人心齐，邻里关系好，一家有难，大家相助。谁家包饺子，谁家做顿好饭，都互相分送。记得我妈妈包饺子时都要包很多，院子里的孤寡老人她都要送，我们就担任她分送饺子的通信员。当然，邻居也经常给她送，在她去世的前几年，我们几个没有时间回家的时候，邻居们天天给她送好吃的，我一回家，她就和我讲哪位邻居送什么东西了，让我答谢人家。

多少年过去了，向阳院已经成为历史，但是大院邻居的和谐，互相帮助的故事却令人难忘，让我们怀念。

青岛"名企"生产名牌
"三大件"

　　在 70 年代末期，驻我们市北区的轻工业就有这三个名企生产厂家——青岛自行车厂在曹县路，生产大金鹿自行车；缝纫机厂在登州路，生产鹰轮牌缝纫机；手表厂在镇江路，生产金锚牌手表。这些产品都是当时的名优产品，那时候社会流行"三转一响"。自行车、手表和缝纫机三大件加上高档收音机，这些物品成了年轻人结婚安家的必备物件，而这三大件却是社会最为紧俏的物资，需要凭票购买，一般人家很难买到。

　　由于当时自行车、手表和缝纫机是青年结婚的必备之物，因此要凭票购买，要经由商业局统一把印制好的票按照计划分发给企业，各个企业用奖励或者抽签的方式发放给自己的职工。不然就要找关系解决了，我家的缝纫机就是我找到我们的文友李德义老师协助搞到了一张票，他那时在轻工局宣传处工作，他们局是缝纫机厂的主管单位。我拿着这张鹰轮牌缝纫机票去登州路缝纫机厂找到我们当时在那儿工作的文友王春华，让他帮助挑选了一台，那台鹰轮牌缝纫机至今还很好用，由于保管使用得仔细，虽然三十多年过去了，但是我们的鹰轮牌缝纫机还是和新的一样。

我家的自行车是由于爱人在青岛自行车厂工作，她们厂每人在年终的时候发了一辆小金鹿自行车，当她把自行车骑回家的时候，惹得邻居一片羡慕的目光，我的弟弟、亲戚也都来看，那个年代，骑新自行车就像开豪华轿车那样自豪。因为那时候的自行车票价值 50 元左右，而我们的工资只有 34.5 元。

我的小弟弟在 4 号码头石炭线货场上班，那里没有交通车，每天需要步行很远去上班，盼望有一辆自行车，我妻子毅然决定，把自行车让给小弟。小弟当时高兴的表情，简直如醉如痴，"像走路捡到大元宝"，买鸡买酒，请我们大吃了一顿。在一年后我爱人单位又发了一张票，我们买上了新自行车。

那个年代，购买上海表很紧张，但是青年人都想买一块表，买上手表的总是把袖子挽上 3 道，露出那亮闪闪的不锈钢表带和手表。但是，怎样才能买到手表呢？我和爱人在结婚时虽然都通过关系买了上海表，但是由于农村亲戚朋友多，都让他们摘走了，因为他们的孩子结婚需要啊！那时，青岛手表厂的建立无疑给 70 年代末期增添了色彩。价格便宜，质量还不错，我和妻子、弟弟们都托人从厂里买到了金锚表，不仅便宜，维修还方便，这回农村的亲戚朋友来青岛，我就帮助他们买青岛表。由于买手表，认识了好多手表厂的朋友，现在能记得的还有工会的干部王杰夫、杨主席等。据说那时的金锚表是用上海厂的配件，在青岛厂安装，后来，青岛手表厂进口了新的设备，生产扩大了，手表的质量也提高了。

自行车、手表和缝纫机是当时的三大件，由于在青岛生产，外地的亲戚都来投亲靠友寻找机会搞一张票。我的三哥于镇鹏在惠民地区纺织厂工作，他有5个孩子，孩子大了都想购买这些大件，所以他经常不辞辛劳地为孩子们奔走采购。我也是三哥于镇鹏的忠实崇拜者，因为他原来曾经是中青队的足球队员，在惠民担任了地区足球队的总教练，取得了全省第6名的好成绩。所以，自行车、手表和缝纫机这三大件我帮他置办，后来彩色电视机、冰箱、空调三大件我还是积极地帮他联系购买。

当时，全国最紧张的是质量最好的上海、北京产品，如上海的"永久""凤凰""飞鸽"牌的自行车，"蝴蝶""飞人""蜜蜂"牌的缝纫机，"梅花""北京"牌的手表，但是当时工资仅几十元的人们，为了购买三大件，要攒几年的钱，所以青岛自行车、手表和缝纫机，无疑是最热销的青岛产品。

今天，回想起来，绝大多数自行车、手表和缝纫机老式"三大件"，已经退出了历史的舞台。后来的三大件——彩色电视机、冰箱、空调也成为百姓的日常用品，当初红红火火的青岛自行车厂、缝纫机厂、手表厂，都已经因为产品淘汰破产和萎靡不振，但是有关老式"三大件"的故事，它们曾经的辉煌却永远留在人们心中！

话说百年的青岛茂昌蛋厂

  在青岛市市北区商河路 20 号，泰山路与商河路、青海路的交界处有一个红色的建筑，它就是民族资本家郑源兴建于 20 世纪 30 年代的茂昌蛋厂青岛分公司，我国著名的工运领袖陈少敏曾来此做工并开展工人运动。

  郑源兴（1891—1955），字福明，奉化萧王庙镇慈林村人。13 岁去上海一家小蛋行学业，19 岁任朱慎昌蛋行经理，旋集资 2 万元创办承余蛋公司。1920 年资本额增至 20 万元，改办茂昌蛋厂。1927 年增资 200 万元，改为茂昌蛋业冷藏股份有限公司，任经理。1930 年在青岛创办冰蛋厂，后增设干蛋厂 12 家，鸡蛋收购网点数百处，1938 年遭侵华日军拘禁，抗日战争胜利后，于 1950 年被外贸部聘为中国蛋业公司顾问。1954 年茂昌蛋业公司实行公私合营，任董事长兼副经理。

  自 19 世纪末以来，我国开始向西方出口鲜鸡蛋以及鸡蛋产品，以英国为第一位，次为法、德、比等国。鲜蛋以外的蛋产品有冰蛋白、冰蛋黄、蛋片、蛋黄粉、甘油密黄、硼酸粉盐黄等。

当时欧洲各国蛋价以大小分为 5 级，个大价高。山东既多产鸡蛋，所产蛋个头儿又大。于是，1927 年，上海茂昌和培林两家蛋厂来青岛建立了鲜蛋采购站。茂昌公司收购商河路 4 号日商浪华油坊旧厂及邻近空地建立了加工厂，1930 年投产，又在对面的青城路原日商石桥洋行试产出口冰蛋，并雇用大批女工逐一检查鲜蛋。

茂昌公司除收购、加工、出口鸡蛋以外，还有冷藏业务，是早期青岛一家大型冷藏厂。

抗日战争爆发，茂昌为求生存而聘用英国人为厂长，以期变成英国企业，当时日本还与英国"友好"。太平洋战争爆发后，英国也成了日本敌国，工厂最终被日本强占。

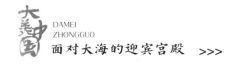

　　陈少敏曾经去茂昌公司利用女工的身份开展工作，曾经有这样一段历史记载：1930年2月，山东省委因出了叛徒遭到破坏，中共中央任命任国桢为山东临时省委书记，恢复党的工作。

　　任国桢到达青岛后，首先要租房子作为省委的秘密机关。但是由于当时山东白色恐怖严重，人心惶惶。出租房的人都有"没眷属不租"的规定。当时的任国桢尚未结婚，为了能租到房子，更是为了便于掩护工作，党组织就派陈少敏与任国桢假扮夫妻。任国桢和陈少敏租的房子就在青岛陵县路，陈少敏到茂昌当女工，他们的家就作为山东省委。任国桢在山东发起了四方机车厂、纱场、烟厂等处的工人运动，还领导了渔民的贩鱼抗税斗争。

　　当时，正逢青岛人力车行的工人因车行把租车费一提再提，工人无法生活，1000多人力车工人罢工请愿。为了领导人力车工人的罢工运动，任国桢化装成人力车夫，租了一辆人力车，到车站、码头去接触人力车工人。可是一开始任国桢总是拉不着客，怕引起特务的怀疑，就跟陈少敏商量，让陈少敏当他的乘客。任国桢拉着陈少敏，混在人力车中东跑西跑，借机向人力车工人了解情况。任国桢因身体不好，没跑多长时间，便累得满身大汗，衣服都湿透了。陈少敏坐在车上心疼，几次要下车拉任国桢，任国桢严肃地说："这是革命工作，你要像个坐车的，老老实实坐在车上！"陈少敏只好坐在车上不动，心里却急得很，生怕累坏了任国桢。在任国桢的领导下，人力车行老板恢复了原来的租车费，斗争取得了胜利。

　　陈少敏在打蛋厂当工人，白天在厂里上班，晚上陪着任国桢外出从事秘密活动。在共同的生活和革命斗争中，两人的感情逐渐加深。后来，这一对革命的假夫妻竟然弄假成真，成了真正的革命伴侣。

1930 年 12 月，任国桢被中共北方局任命为中共北平市委书记、河北省委委员。1931 年春，被调到天津工作。同年 9 月任中共唐山市委书记。10 月，他以中共河北省委特派员身份到山西工作，被叛徒出卖被捕，于 1931 年 11 月 13 日被阎锡山杀害，时年 33 岁。

任国桢牺牲后，陈少敏擦干眼泪继续奔走在通往胜利的道路上。毛泽东曾经称赞她是"白区的红心女战士，无产阶级的贤妻良母"，在抗日战争和解放战争的沙场上，她又是一员杰出的女将。

新中国成立后，她先后当选为中央委员、全国人大常务委员，担任过中华全国总工会副主席、党组副书记等职务。

郑源兴创办的茂昌蛋业冷藏股份有限公司，以经营蛋业为主，兼营鱼肉、虾蟹、鸡鸭等其他食品，生意十分兴隆，业务不断扩展，在全国许多城市和产蛋地区如青岛、汉口、镇江、芜湖、杭州、碛石、高邮等地都设有分厂或收购站，在英国伦敦设有分公司，在德、日、荷、意、美、菲、澳设有分理处，职工近两万人。20 世纪 30 年代，郑源兴以其在蛋业生产中的崇高声誉和巨大实力，被推选为中国冰蛋业同业公会会长，公认为"中国的蛋大王"。

抗日战争期间，上海沦陷，日寇几次找郑源兴谈判，逼其合作，郑源兴坚决拒绝，最终被捕入狱。几经周折，最后以他人名义勉强应付，自己转入法租界独自经营，与之竞争。

1948 年冬，郑源兴到香港筹建分厂，次年 5 月 27 日上海解放。郑源兴出于爱国热忱，从香港绕道天津返回上海，1954 年又

　　将伦敦分公司出售，把资金带回祖国，受到政府嘉奖。1955 年，郑源兴因脑溢血在上海去世。

　　青岛解放后，茂昌获得新生，一直到 90 年代，茂昌都是青岛商业局领导下的一家中型企业，由于市场原因，现在归一家港资企业所有，叫青岛罐头食品厂，以冷藏、加工海洋渔业产品为主业。最近，由于房屋建造时间长，建筑陈旧老化，市政府已经拨款对这座老建筑进行修缮，让它的面貌再度焕发青春。

百年老店：青岛利群

　　购物到利群，吃穿用的物品那里应有尽有，这是青岛市人民的共识，利群在全市的十几家分店中，没有一家用顾客接送车，但是商场总是爆满，营业额年年提高，这说明了什么？

　　我们全家都喜欢到利群购买商品，因为利群的服务态度、服务质量都是一流的。家中的收音机、洗衣机，甚至后来的录音机、音响、电视、冰箱、空调都是从利群百货商店买的，我们结婚成家，家中的全部电器也都是在利群百货商店购买，因为我们在那里买着放心，维修方便。时间长了，不去青岛利群购买物品心中像是缺了什么似的。

　　青岛利群百货商店始建于19世纪30年代，前身为"德源泰百货店"。在1956年的公私合营浪潮中，台东三路商业街上的名德百货、万象百货、天兴百货、裕龙绸布、三星绸布、永丰绸布、福兴泰绸布、益聚德绸布并入德源泰百货店；永昌书店、大光明眼镜店并入福兴祥百货店。1964年青岛商业主管部门将福兴祥百货店与德源泰百货店合并，正式命名为"利群百货商店"，后来又将台东三路上的永信布店以及周围的一些小商铺划归利群百货商店。至此，利群百货商店在台东三路有四个门市部，一层为百货商店，二层为居民区。

记得在利群绸布门市部的楼上有许多家住户，回家必须走利群百货商店的大门，然后进后院上楼梯到二楼。我们公司的向阳照相馆也是这种格局，一楼是照相营业门头，二楼有居民也有我们的办公室。

利群百货商店属于台东的老字号商业企业。1988年3月，在原利群百货商店基础上组建的利群商厦股份有限公司，是青岛市第一家股份制商业企业。1994年11月5日，位于市北区台东三路77号的商厦建成开业。建筑面积4万多平方米，营业面积3.82万平方米（除商厦外，延安二路还设有文体用品商场和名优新产

品商场）；固定资产净值两亿元；设有商厦、大酒店（拥有客房床位 220 个）、百货店、名优新产品商场、家电维修中心及批发中心等；集购物、餐饮、娱乐、住宿于一体，成为一个以商贸为主的多功能服务企业；有自动扶梯、中央空调、闭路监控、防盗报警、局域网络和双路供水供电等现代化设施。

商厦建筑宏伟，装饰考究，大厅为中央天井式结构，可自然采光。1 层至 5 层设双向自动电梯 8 部，另有楼外观光电梯两部，乘观光电梯可直达 13 层音乐茶座和 14 层装饰典雅的绿色圆形舞厅。

利群的负一楼是超市，那里的商品确实便宜，百姓生活用品应有尽有，从大米、白面、挂面、豆腐、花生油到肉类食品（包括鸡、鸭、鱼肉等），还有化妆品、卫生用品、蔬菜、水果等所有的商品都比较便宜，质量还好，所以，我们周边百姓都有一个共同的约定：购物到利群，利群购物最放心。现在，连几十里路以外的群众也闻名前来，利群真正成了百姓购物的天堂。

购物到利群，几乎成了全市人民的口头禅，我和妻子乘坐乐购的班车到了四方乐购超市，却发现对面四方利群的商品在同样品种、同样质量的情况下价格便宜将近 1 成。

台东三路利群对面的当代商城比利群的位置优越、规模宏大，却因为各方面的原因连年亏损，只得靠租赁柜台和承包营业间过日子。

近年来，青岛利群商厦股份有限公司不断发展壮大，取得了可喜的成绩。

现在，组建后的青岛利群集团股份有限公司除保持原有经营

项目外，还在省内外开发多门类零售批发业务，实行商商、商工、商贸联营及联购、联销、经营和代销等多种经济活动，统一提供货源，及时反馈信息，增补销售网点，促进资金融通，发挥股份制和群体经济的优势，增强了企业的活力。经营商品 4 万余种，实现"高档商品精、中档商品全、低档小商品有"。利群近年来荣获多项荣誉称号，如全国百家集体商业优秀企业、全国企业形象最佳单位、青岛市财贸效益最佳企业、山东省商业先进单位、山东省文明单位等。1997 年年底，青岛利群集团股份有限公司有职工 1700 余人，年销售额 3.70 亿元，实现利润 1582 万元。

在时代飞速发展的今天，青岛利群集团股份有限公司正在全市、全省开花。新开办的四方利群、城阳利群、胶州利群、黄岛利群、莱西利群、诸城利群、潍坊利群等 26 家商厦都以崭新的面貌，优良的商品、优质的服务给青岛以及我们的和谐社会带来了更大的繁荣。

青岛饭店的故事

　　1975 年，接到上级通知，青岛商业局要利用青岛饭店地下室，开办一个商业系统的阶级教育展览会，用以对全商业系统的职工进行阶级教育，邀请我去编写各个基层店的历史。当然，接触的第一个店就是青岛饭店，同时接触了青岛饭店的原经理鲁寿山先生。鲁寿山先生虽然退休了，但是身体很好，也很健谈，他的介绍，使我们了解了青岛饭店的历史。

　　青岛饭店原名叫青岛咖啡，主要经营咖啡和西餐。因为在

1897 年，德国人侵占青岛后，咖啡仅出现于德国人的宴会场所，其中著名的有太平路上的"亨利亲王饭店"、中山路 1 号的"国际俱乐部"、南海路附近的"八月胜利海滨饭店"等，此类场所出入者皆为金发碧眼的洋人，华人中仅有部分洋行买办可以进入，当时的咖啡和西餐对于中国人来说还是非常陌生的。

随着青岛旅游业的发展，（现在的中山路上）相继有三家餐馆和一间咖啡馆开业，这就是"胶州饭店""福克特餐馆""首府饭店""凯宁果品糖品咖啡店"。1932 年，希腊籍犹太人非尼代司和司提凡尼迪斯合伙在斐迭里大街（中山路 53 号）开办了"青岛咖啡"店，在南海路汇泉广场设有分店。

青岛咖啡开业后，生意兴隆，前来喝咖啡吃西餐的多为欧洲人和犹太人。那时，在中山路商圈的犹太人增加了 300 多人。在青岛的犹太人中有德国籍、美国籍、希腊籍、英国籍的，但多数是无国籍地，特别是苏联的那些犹太人在苏维埃政权成立后逃至中国，没有护照。在青岛的犹太人虽国籍不同，但很团结，经常捐款帮助贫困的犹太人，他们还为中国水灾难民捐款、集资，在金口一路修建了山东唯一的一座东正教教堂；着手筹办希伯来语学校，因"二战"爆发而未办成。犹太人在青岛所从事的职业不同，如 30 年代初的德国驻青岛领事馆总领事便是犹太人，他于希特勒在德国掌权后被免职。他回德国后，见到犹太人被歧视和逮捕，又重回青岛，抗日战争期间去了昆明，在西南联大执教。

这些犹太人善于理财，非尼代司和司提凡尼迪斯合伙在斐迭里大街（中山路 53 号）开办的"青岛咖啡"店，成了他们聚会、消费的场所。许多犹太人会演奏乐器，有的以教授钢琴、小提琴谋生，有的在饭店、舞厅里演奏乐器。

1941 年 12 月，日军偷袭珍珠港，开始与美英宣战。日本与德国、意大利等结为"轴心国"，中国与美国、英国等结为同盟国。由于希特勒歧视犹太人，大肆逮捕、屠杀犹太人，日本也开始歧视犹太人，在青岛没收了犹太人开办的青岛咖啡店开了一家"兴亚讲堂"，本来想宣传所谓的"大东亚圣战"，但因无人理睬，后来改成了一家小剧场。一代京韵大鼓名家小彩舞（骆玉笙）、相声名家小蘑菇（常宝堃）及"四一剧社"等都在这里演出过。

非尼代司和司提凡尼迪斯被逮捕后，起初和英、美等国犹太人和许多非犹太人被关在由江苏路 1 号、3 号，湖南路 4 号 3 个院落组成的集中营里，四周有持枪的日本军人站岗，以后又将他们用火车迁至了潍县集中营。"二战"胜利后，犹太人重回青岛，政府发还了犹太人的财产。希腊籍犹太人非尼代司和司提凡尼迪斯不愿继续经营青岛咖啡店，由中国人王秀臣、鲁寿山等合资买下，经营西餐兼中餐鲁菜，当时"青岛咖啡"的中餐较为知名，蒋介石来青岛也是由青岛咖啡厨师去做菜，旧中国政要如宋子文、何思源等来青岛都在这里饮宴，许多名伶、明星、作家等都慕名到过这里。

新中国成立后，青岛咖啡店实行公私合营，并于 1965 年更名为青岛饭店。1966 年，原来的"青岛咖啡"房屋被拆除，扩建成 6 层楼，也就是我们举办展览会的楼。记得我们举办展览会的版面词曾经写道：旧社会的青岛咖啡是富人的天堂，一餐普通的消费就是穷人一年的口粮。我还记得在我编写的版面词中有这样四句小诗："灯红酒绿摆歌舞，富人笙歌穷人苦。豪门碧发通宵乐，风扫长街冻死骨。"

　　那时，青岛饭店经营的是大众饭菜，啤酒大碗喝，菜是大锅菜，饭菜太单一，月月都亏损，接待的都是周边的工人、机关干部和商店的售货员。

　　1995 年，饭店改造成为一家国际三星级涉外宾馆，档次提高了，服务质量也上去了，饭店成为饮食服务公司赚取利润的大户。

　　这时，我国著名的文学家臧克家下榻青岛饭店，亲笔为青岛饭店书写了门头。

　　2004 年 3 月 15 日 14 时 18 分，作为中山路改造拆迁的重点区域，青岛饭店与原瀛州旅社一并拆除改建成了新的青岛饭店。

　　新的青岛饭店离开了中山路，在最繁华的香港中路安家了。但是，直到现在，一些从台湾回青岛、从美国来青岛寻旧探亲的人还在打听"青岛咖啡"。这些人和所有的"老青岛"一样，对"青岛咖啡"都有着一份难舍的情缘。我虽然在青岛饭店工作的时间仅仅是整理店史和搞青岛商业展览会的几个月，但是对那个在中山路消失的饭店依然怀念，也同样感谢那些曾经在青岛饭店工作和对青岛饭店做出贡献的人！

话说百年老店：玉生池

在旧中国，青岛有十家澡堂子开业，除三新楼开业比较早（民国元年），再就是位于平度路 32 号的玉生池澡堂了，玉生池澡堂开业于 1924 年，是由掖县的老一代民族资本家王化南的父亲投资建成开业，当时是两层楼，1973 年大修时由青岛饮食服务公司投资加盖一层，成为现在的三层楼。

玉生池澡堂，刚开业时名为新新楼澡堂，后改名为玉生池澡堂，它的开业，是当时中山路商圈的需要，也是把洗澡的顾客按

照从事的职业自动和去三新楼的顾客区分开来。当时市政机关的办事人员，外地来青岛的演出人员，上级机关来青岛的官差大员，都要到玉生池洗澡，在70年代，听老职工吴家祥、王化林讲述：抗日名将傅作义在旁边的大戏院看完演出就来过这里。当时的京剧名伶余叔岩、杨小楼、梅兰芳、尚小云、程砚秋等演出后都在这里洗澡。这里的老板和永安大戏院的老板是老乡，所以，老乡跟老乡的买卖也沾了光，全国的名流，都知道青岛有个玉生池澡堂。

玉生池澡堂由于地处青岛党政机关、商界、娱乐界的中心，因此，对服务人员的素质要求也是相当严格的，当时服务业流行一句话："想吃玉生池澡堂的饭，得拿命来换！"

旧社会，玉生池澡堂也分为官座与雅座、盆浴、盆浴高档单间，解放后称为普通与单间，玉生池还根据当时社会洗盆浴人员增多的情况，增设了一个服务段的8个盆浴房间、2个盆浴高档单间。每一层楼都设有修脚、搓背、理发、吹风、推拿等服务，还有衣服快洗、品茶等配套服务，这种豪华的设施和服务配套比保定路18号的三新楼澡堂又提高了好多。

那时玉生池澡堂的服务员也是分等级的，有上柜、中柜、下柜。上柜主要指"售牌、算账、会计、把头"等，中柜指服务员和一般的接待、跑堂人员、做活的老师傅，下柜指池门挑草鞋的、做活的学徒（修脚、搓背）等。服务员和做活人员都没有工资，服务员靠小费分成，当然上柜、中柜的小费比下柜要多，但是，店方、财务、小姐、太太都得分成，做活人员和店方订立的合同一般是三七和二八分成，一般是店方拿大头。现在青岛修脚技术最好的大师战永平就是做活把头张慧的大弟子，他在这里工作到退休。

那时候人们洗澡，不仅是为了个人的清洁卫生，还把它作为一种礼仪、一种社会公德而共同遵守着。譬如，遇到庆典、婚礼，接待朋友、会客等都要先焚香洗澡以表示虔诚和尊敬，澡堂还是与朋友消遣休闲的好去处。

我在70年代从三新楼调到玉生池工作，负责这个店的旅店部分和通信报道工作，目睹了这里的许多佳话和动人的故事。

这里靠近青岛市人民医院，许多老人和妇女动手术、生孩子、出院都要到这里洗澡，于是，也出现了许多好人好事和雷锋式的人物，我的通信报道表扬服务员的稿件也是经常见报。记得有一次临近春节，接到一个部队首长的电话：他们一个连队的战士有100多人要来洗澡，问能安排吗？我和他们约好在早晨7点

半上班前来洗，避免和百姓发生冲突、拥挤。他们如约前来，我们也圆满地完成了接待任务，这个新闻被当作我们的拥军行动刊登在《青岛日报》，在那个年代，上报纸是非常光荣的事情，因为它牵扯到升职和涨工资。

玉生池澡堂和消防队是邻居，在那个年代，消防队经常执行任务和训练，所以来得比较晚，影响我们的服务员下班，但是，那里的许多服务员总是耐心地等待，热情地服务，递上热毛巾，送上一杯热茶，那时服务员的工资仅仅是 34 元 5 角，竟然没有任何怨言。

玉生池澡堂是青岛市第一家开桑拿浴的澡堂，在 80 年代，玉生池澡堂就在二楼开设了桑拿浴，那种高档的服务、昂贵的价格在青岛市拉开了序幕。后来，双星鞋厂转厂址后，在四川路也开设了一家桑拿浴。进入 90 年代，桑拿浴开始在青岛普及了。

三新楼澡堂拆迁后的新楼合并到玉生池，玉生池把三新楼澡堂全部变为高档桑拿浴，随着时间的推移，现在高档桑拿浴也停办了，成了恋歌房夜总会，两个百年老店现在全部消失，店堂已经被转让给个人，由个人买断经营了！

百年老店天德塘

在我记事的时候就听大人说："洗澡去天德塘，喝茶去大陆茶庄。"我探究这是为什么，问过许多长者，得到的回答是："大陆茶庄茶叶多，价格公道，天德塘洗澡床位多，还有电梯。"是啊，在 30 年代到 50 年代，能坐上电梯那是多么不容易的事啊！

天德塘位于市北区博山路 56 号，由民族资本家高学志（高五）在 1930 年创建，是旧青岛最大的澡堂，盖成后楼高四层，设有电梯，开设有女子部、男女家庭浴盆浴。那时候青岛只有几家企业有电梯，普通百姓大多是为了坐一次电梯而到天德塘去洗澡。尤其是小孩子，只要洗澡，便嚷着要去天德塘。

天德塘是 30 年代根据中山路商圈的繁荣，商家和百姓的需要而设立的，服务设施、服务房间、服务项目都参照当时最好的澡堂子——三新楼和玉生池而添加，浴池高质量的服务让许多商家的雇员和老板纷纷前来捧场，买卖做得相当红火。

日本侵略者侵占青岛后，由于天德塘有男女家庭浴盆浴的特殊条件，许多日本军官都经常带着女人前来洗盆浴，我在整理天德塘店史采访老职工时曾经听到这样一个故事："在 30 年代，有一个 12 岁学徒工叫顺子，他看到日本军官带着女人前来洗盆浴，

感到很好奇，便扒在房间的板壁缝隙偷看日本军官和日本女人洗澡。谁知不小心弄出动静，被日本军官发现了，那日本人赤裸着身子，举起大洋刀就冲到门外，小顺子赶快往大街上跑，一直跑过了胶州路才摆脱了日本军官。那日本军官光着屁股举着洋刀哇啦哇啦叫着，最后老板高五出面赔礼道歉送银子后，那日本军官才回去洗澡，而小顺子再也没有敢回来。"

解放后，天德塘归饮食服务公司领导管理，在 1976 年在原有 4 层楼的基础上又接上了 2 层，成为 6 层楼。那时也有个趣话：由于青岛市的 10 家浴池都归青岛饮食服务公司所有，所以各个核算店的干部都要由全公司统一调配，茨先生和妻子薛平都从公安局转到了地方，茨先生被安排在天德塘担任书记兼经理，薛平被安排在玉生池担任经理，70 年代玉生池的书记是庄金龙，也是一个不错的老人。当时许多同行都戏称玉生池与天德塘是姊妹店。天德塘改造后，是总建筑面积 3252 平方米的 6 层楼房，除浴池外，又增设了旅馆部、美发厅、洗衣部、小卖部、旅客食堂等，成为青岛市浴池业最大的综合性服务单位。

天德塘经常对外开展优质服务活动，记得我们知青回城的时候，有部分知青分配就业在天德塘，她们经常推着小车穿行在大

街小巷，去接送行动不便的人或者无人照顾的孤寡老人，为她们洗澡，几十年过去了，这些老知青也成了老人，不知现在都怎样了呢？

改造后的天德塘一楼至四楼为男女浴池，设有淋浴、池浴、盆浴，全部为双人房间，共设软床位174个，浴室可同时容纳300位顾客。该浴池在服务中坚持做到毛巾、茶具一客一消毒，床单、浴衣、浴巾定期更换消毒。

五楼至六楼为旅馆部，有电梯代步，中、高档房间65间，床位160个，各房间均配有席梦思床、电风扇、彩电、沙发、茶几、写字台、大衣架、台灯、报纸等，室内光线明亮、清洁卫生、舒适幽雅，同时邮电通信十分便捷。

美发厅设有新式发椅、磨面、美发、美容、新娘化妆、生活化妆等项目。

随着改革开放的不断推进，青岛市开设了上千家浴池、桑拿中心，但是天德塘仍然坚持以大众特色经营，并取得了不错的成绩。

为了方便群众，天德塘澡堂子开设了配套服务——理发、搓背、修脚、治脚病等特色服务项目，技术精湛，热情周到，被岛城人们赠予"岛上第一塘"的美称。至今，天德塘正在焕发青春，昂首阔步地前进！

从青岛百年老店明新池
到台东大酒店

　　在台东邮电局的对面，青岛市台东一路24号，有一个百年老店——台东大酒店，但是它的前身却是一个普通的澡堂——明新池。明新池建造于1931年，至今有将近80年的历史了，它与台东的新华楼澡堂、聚福楼（东号）大酒店，都是由资本家蓝景山开办的，资本家蓝景山因为在解放前勾结日本人，欺压百姓，罪大恶极，在解放后被人民政府镇压。

　　台东一路的明新池开业后，主要供周边的商家权贵和市民百姓洗浴，该楼开始为砖木混合结构，一层为女座，二层为官座，三层为雅座。服务项目有洗浴、淋浴、盆浴、理发、搓背、捶背、修脚、捏脚等。

　　新中国成立后，明新池经过公私合营，归属于青岛饮食服务公司，在1973年房屋改造后改名为台东旅社，全部接待外地旅客。后

来，台东旅社又进行了两次改造，接上了两层楼，共五层楼，名称改为台东大酒店。

记得小时候每逢周日去澡堂洗澡，总感觉益都路的新华浴池太拥挤，就跟着父亲跑到台东一路的明新池去洗澡，这里洗澡的人比较少，也很清洁。这里还有床位可以休息，我跟父亲在这里认识好多老师傅，有修脚的、理发的、搓背的，那时候洗澡、修脚、理发、搓背全部用单位发的洗澡票，每张两角二分或者三角，这种澡票不能用来购买商品，只有洗澡、修脚、理发、搓背时才可以使用，但是找零钱的时候由于澡堂的零钱不凑手，往往会用糖果兑现，所以，在那个经济匮乏的年代，用澡票洗好澡再找回几块糖果拿到家也是我们弟兄们解馋的办法。

进入 70 年代，由于企业都开始抓工人的福利，纷纷建设自己的企业浴池，所以到外面浴池洗澡的人明显减少。而后经济复苏发展，各地人员流动的增加又造成青岛市旅店的严重不足，青岛饮食服务公司在建设了四方旅社（四方大酒店）、沧口浴池的

同时，又将高密路的中华池改造成建国旅社，将台东一路的明新池重新改造，接上了二层楼的建筑，改造为台东旅社。全市各家浴池都增加了旅店业务，即使是全市的 10 家浴池也都是浴池床位白天用来洗澡，晚上用来住宿。这样还是应付不了外地流动人员的住宿，报纸上经常报道每天都有人露宿车站候车室和街头的现象，直到周边地区如新兴旅社、交通旅社、海城宾馆和各个工厂招待所建立，青岛市的住宿问题才得到缓解！

从台东旅社开业至 80 年代，由于青岛市旅店和招待所设立太多，在淡季出现了客源严重不足的现象。虽然旅社曾经多次组织接站队伍去火车站和码头接送旅客，但是，僧多粥少，店领导认识到充足的客源需要用硬件来吸引，而增添服务项目、改造房间设施是很重要的环节，经过不断地更新改造，进入 80 年代，台东旅社正式更名为台东大酒店。

现在的青岛台东大酒店是一个集住宿、餐饮、旅游于一体的综合性涉外二星级宾馆，营业面积 4000 余平方米。青岛台东大酒店地处青岛繁华路段，面向当代广场，右邻全国著名的台东三路步行街，位置优越，交通便利，是休闲、娱乐、购物、旅游的理想之地。

现在来青岛旅游办事的旅客如果住宿在台东大酒店，想到全国各地和本市旅游时就可以在本店找台东旅行社，吃饭到楼下酒店或者旅客食堂，店里就有民航、火车票售票处，购买火车票、飞机票都不用出门，在台东大酒店就可以全部完成。外地旅客在这里住宿，感到方便、舒适、满意、放心，有家的感觉！

记忆中的大陆茶庄

在 50 年代，社会上流传着一个经典的口号："洗澡去天德塘，喝茶去大陆茶庄。"为什么会有这样的口号？原来那时青岛市电梯比较少，到天德塘可以乘坐电梯。而大陆茶庄却是用多种品牌的茶叶、最优良品质的茶叶、最公道的价格取信于民，获得了社会上老百姓的信任。

大陆茶庄系青岛老字号茶庄，1941 年开业，在目前青岛同类商店中规模最大，共设 3 个零售门市部和 1 个批发部，营业面积 250 平方米。本号位于市北区长兴路 9 号，西号位于市北区延安路 56 号，东号位于市南区宁夏路 126 号，同时在崂山、即墨、胶州、城阳等地设立联营分店。

该店拥有从事茶叶专业技术工作 50 多年的多名茶师，资格老、水平高，在经营、检验、保管茶叶方面有深厚的功力。大陆茶庄严把拼配关。针对各种档次的茶叶，他们都拉单子，拼小样，多次品尝，精心调配。大陆茶庄茶叶的质量和品位都高于市场同档次茶叶。

从我记事的时候起，就经常跟着父亲去大陆茶庄购买茶叶，父亲特别喜欢喝茉莉花茶，在他的影响下，我也特别喜欢喝那种散发着茉莉花香味的茶。后来，我从插队去农村到回城从事服务性工作，每天都在与喝茶叶的顾客打交道，每天经手几十壶茶叶。在将近几十年的品茶过程中，我练就了一种本领：只要用舌尖品尝茶水，就能说出茶叶的产地、品种、采摘的季节、炒制的火候、茶叶的价格，甚至对采摘茶叶的年龄与泡茶叶用的水源都了如指掌。

我们在工作的闲暇时间经常聊起泡茶的功夫，我的师傅讲述起解放前一位前辈品茶的故事："在三新楼三楼雅座房间来了一位客官，他让小伙计把它泡上，小伙计把茶叶泡好送来，给他倒上茶水，他品了一下，说：这水夹生了，你的暖瓶里面有昨天的水底子，没有倒完就装开水了。小伙计不由得点了一下头，心中暗自佩服。"几天后，那位客官又来洗澡，又从腰中掏出茶叶让小伙计把带来的一包茶叶泡上，小伙计把茶叶再次泡好送来，给他倒上茶水，他品了一下，说："糊水，糊水，瞎了我的茶叶。"小伙计很奇怪；"水怎么会糊呢？"客官说："茶壶烧开水要赶快往暖瓶装，你忙什么去了？让水开了将近 5 分钟才装，才泡茶。"

小伙计一听恍然大悟，他是让老板喊去买香烟了，水开了将近 5 分钟。在我们服务行业，每天接触各种客人，品尝各种茶叶，也代卖各种茶叶，确实感到只有大陆茶庄的茶叶质量最好、最值得信任。

大陆茶庄自实行经济改革以来，该店先后与福建、浙江、安徽等产茶地区建立稳定的业务关系，经营茶叶均从茶厂直接进货，充分发挥老字号经营专、行情熟、信息灵、周转快的优势，积极开展批发业务，提高辐射能力。茶庄以品种全、起点低、价格合理、提货便利等吸引了大批客户。

大陆茶庄经营茶叶品种达 200 多个，既有西湖龙井、黄山毛峰、洞庭碧螺春等高档名茶，又有各种档次的绿、红、花、白茶，并以本市人们惯用的茉莉花茶为主，如茉莉银毫、茉莉龙毫、魁针大方及中低档茉莉花茶、茉莉三角、茉莉茶蕊、茉莉茶末等一应俱全，均从南方茶叶产地直接进当年新茶，不经中间环节，不进不卖陈茶，质量可靠，严格定级定价。店内保管设备完善，保管手续严格，连年被评为青岛市质量物价信得过单位和商品服务质量优胜单位。

多少年过去了，我离开服务行业也已经好多年了，但是我依然喜欢喝茶，喜欢喝大陆茶庄那纯正清香的茉莉花茶。

青岛百年饮食名店
——三大楼传奇

　　春和楼、聚福楼、三盛楼为岛城老字号鲁菜系列的大酒店，凡是到青岛来的游客，都喜欢到这几个店品尝一下正宗的鲁菜，但是，你知道它们的历史沿革吗？请听我分别介绍。

春和楼

　　春和楼的历史可以说是青岛百年建制的见证，因为它是青岛市区最早的老字号饭店之一，位于市南区中山路与天津路交会处，属于二层砖砌楼房。该店早在1897年由周姓人家开设，后由旅居青岛的天津富商朱子兴在中山路与天津路交会处投

资扩建。1956 年公私合营，归属青岛饮食服务公司，至今已有百余年的历史。

　　春和楼由于位处中山路商圈，它的营业收入一直和青岛饭店的餐饮部相媲美。在岛城老字号鲁菜餐馆三大楼"春和楼、聚福楼、三盛楼"中处于首位，成为 50 年代至 70 年代青岛最著名的鲁菜馆，它的厨师多次参加全国、省、市厨艺大赛，多个菜品如香酥鸡、龙凤双腿、燕窝凤尾虾、凤凰鱼翅、珍珠海参等被收入《中国名菜谱》。一、二楼设有散座大厅及孔膳堂、飞天阁等 9 个单间雅座，可同时开设 26 桌宴席。

聚福楼

　　我是80年代从青岛饮食服务公司调到台东饮食服务公司的，那时候，各个核算店还没有下放到区商业局，仍然由市饮食服务公司统一领导。我经常听到许多老职工就对我介绍："新华楼澡堂，台东聚福楼，台东宾馆属于亲戚店。"为什么呢？我有些困惑。老职工介绍："新华楼澡堂，台东聚福楼，台东宾馆在旧社会都是由蓝景山经营的店（解放后蓝景山被镇压），现在，张肆贤在台东聚福楼当经理，他的妻子马素美在新华楼澡堂任副经理。"原来亲戚指的是夫妻店。如此，我恍然大悟。

　　台东聚福楼与春和楼、三盛楼并称为岛城"三大楼"，岛城著名的鲁菜馆，位于市北区商业繁华中心台东西二路30号。该楼建造于1924年，由山东福山吴子玉、高学曾租用清末遗老王序在即墨路12号的楼房，开办了"聚福楼"，寓意为"聚大福大贵于此楼"。所聘厨师系烹饪之乡福山县的高手，菜肴选料讲究，厨师刀工精湛，以烹制鱼翅、海参、燕窝等见长，还有红烧加吉鱼、椒油菠菜、奶汤菜花、西施舌等胶东口味菜肴，极为诱人。聚福楼的高汤极为有名，在整桌酒席上一般只用高汤而少用其他调味品。1943年因烟头引起失火，迁至现址，改名为"聚福楼"东记，由于资金紧张，其股权大部分被蓝景山出资购买，于是蓝景山成为大股东。1949年易名为"台东饭店"。

　　1983年，台东聚福楼经重新整修扩建，店容店貌焕然一新，营业面积达2000平方米，可同时容纳500余人就餐。现一楼为中档快餐部，二、三楼设雅座和多功能厅，包办喜庆宴席。为接待中外宾客，设立了接待室，并装饰了较为豪华的聚福厅、聚禄厅、聚仙厅、聚宝厅、聚鑫厅、聚义厅、聚宾厅等，改名为聚福楼大酒店。

三盛楼

我是1972年12月接触的三盛楼，那时，我刚从农村返城就业到沧口浴池，由于该店属于沧口饮食服务公司，我又负责沧口饮食服务公司的通信报道，因此，对三盛楼就有了比较深刻的了解。那时，三盛楼的经理姓梁，很憨厚的一位老人，他那时经营的三盛楼就是早晨炸的油条，中午的面条、包子比较出名。后来，在三盛楼炸过油条，卖过早点的女职工小吴当了经理，三盛楼才真正火了起来。

三盛楼是岛城老字号饭店，为青岛市"三大楼"（中山路的春和楼、台东的聚福楼、沧口的三盛楼）之一，地处沧口区繁华的四流中路和振华路交会口。

三盛楼的前身"新生园饭店"由平度人张义进、王斗年在沧口的沧台路开设，后于1913年改称现名，其寓意是"人气盛、买卖盛、财源盛"。随着1921年沧口大马路的修建，沧口码头日益繁忙，附近工业逐年发展，促进了商业兴旺，三盛楼也迁至现址，生意进入鼎盛时期。1946年，由张文进、张振儒、黄连城三人共同投资，将三盛楼扩大再营业，增加菜肴品种，改进服务质量。当时沧口下街的商业、服务业纷纷迁往大马路，沧口的工业、运输业有所发展，他们又投资开设了几处棉行、布店、商

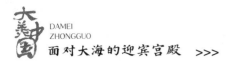
行、磨坊等，三盛楼则更加闻名遐迩。

三盛楼现在的位置是沧口区繁华的黄金地角，随着改革开放的不断发展，它展现出了独特的魅力和优势。三盛楼现为两层楼，面积有 700 平方米，一楼经营快餐食品，二楼设雅座和酒席包间，三盛楼菜肴以鲁菜为主，以炸菜、扒菜、冷拼和卤酱菜见长，风味菜有"烤（同音字）大虾""清蒸全鱼"及各类海鲜菜，花色面点有"风车酥""四喜饺"等。三盛楼还开设羊肉馆分部，暑季的冷食供应也很有特色。

近年来，三盛楼坚持优质服务，多次荣获"大众餐饮先进单位""市民满意的大众饭店"等称号，受到了市、区领导的多次表扬和肯定！

仲家洼走出的榜书艺术大师——云法海

  青岛有个"仲家洼","仲家洼"位于青岛市北的中心地带，据记载：明洪武二十一年（1388 年），仲姓族人从云南移民到即墨县海泊河岸边洼地植树建村，取名仲家洼，因地势低洼并始由仲姓家族开垦而得名，明末清初这里已形成了由张、葛、仲、胡、姜等姓氏组成的 5 个自然村。

  然而，这个极为普通的小村，百年来却发生了巨大变化，走出了许多名人，留下了许多动人的传奇故事。

  我国著名的榜书大师云法海，也是地道的青岛仲家洼人，他用精湛的榜书艺术征服了世界，成为岛城榜书第一人，他的作品，走向了世界。

  何谓"榜书"？

  榜书，是替榜之书，古名"署书"，指题写在宫阙门额上的大字。后来把用于牌匾上的大型字通称为"榜书"。榜书须做到两点：一是形体大，使人远观可见；二是易识而不易混淆，因而多以规矩的隶书、楷书、行书题写，很少用篆书或草书。

  榜书在中国有两千年的历史，早在唐朝就已经流传日本。

现在，日本、韩国，以及中国台湾地区都有榜书的杰出人才和大师。云法海1955年生于青岛仲家洼，1971年在四十三中学毕业就留校做了物理教师。1979年12月被选调到公安局，曾经做过仲家洼派出所副所长、街道的政法委书记等。

云法海幼年时由于受父亲和大哥的影响，酷爱书法艺术，在学习、工作之余拜师于青岛的书法大家，有幸得到蔡省庐、高小岩、杜颂琴、杜宗甫、叶伯泉、苏白、杨曾涛、蒋维崧、张伏山、王奎荣等著名书法家的真传，他经常把每天写好的草书、隶书、楷书等作品送到各位老师面前，让老师指点、帮助。由于他勤奋好学、勤学苦练，他的书法得到了高层次的升华。从2004年起，他开始专注学习书写榜书。练习榜书不仅需要深厚扎实的书法基本功，还需要有博大的胸怀和豪爽的气质，要胸有成竹，意在笔先，随激情之突发而一气呵成。云法海使用的那支蘸满墨汁的巨笔，又粗又大，足有5斤重。但那巨笔在云法海手中，上下翻飞，中锋回腕，悬肘作字，龙飞凤舞，意搏沧海，剑指南天，那字如神，入画，栩栩如生。

"梅花香自苦寒来"。打开云法海的书法作品，阵阵墨香扑面而来，有的飘逸潇洒，有的风韵多姿，有的雄健有力，有的气韵灵动，笔墨的神韵尤为表现出了他书法的独特风格，他的作品风格，其实更能展现他的真性情。

很喜欢欣赏云法海榜书的每一个字，看那点画自如，宛如情感宣泄的流云而飘逸于无形间，整幅字从头至尾一气呵成，又如天马行空，游行自在，佛字凝聚心神，剑字气冲霄汉，龙字意气风发，那浑厚的笔锋处不仅透出了一股坚韧冷峻，又蕴含着神机奥妙。他的书法作品在给人一种美的享受的同时，也给了人们一种顿悟和启迪力量。

"天道酬勤"这个成语的意思是：上天会按照每个人的付出给予勤奋的人们相应的酬劳。多一分耕耘，多一分收获，只要你付出了足够的努力，将来也一定会得到相应的回报。

云法海大师的书法创作取得了令人羡慕的成就，其创作思想亦如他的书风、人品一样格外受到人们尊重。他为人谦和，不激不厉，纯朴自然。20世纪90年代，他曾经去北京拜刘开渠大师为师，刘开渠为他题写室名"书苑斋"。20世纪90年代初，云法海在北京拜见了净空法师。净空收云法海为书法弟子（佛门居士）。从此，云法海的榜书达到了炉火纯青的境界。

今天，云法海的书法艺术在他的不断努力下已经走向了世界，在篆刻、根雕、标本方面也有很深的造诣，数十年来勤奋学习，坚持不懈，博采众长，熔铸古今。风格独特的字里行间充分展现出艺术家的风采，他对篆刻、治印、古玺、汉印各流派印章，勇于探索，独创新路，其章法奇妙多变，拙中求趣，印面具巧妙灵动之感，曾为众多书画家、企业家、国际友人治印。书画作品曾被编入《中国书法精粹》《世界书法家名录》等，同时，还在《人民日报》《中华儿女》《中国书画艺术报》《中华书画家艺术报》《书法报》《香港商报》等几十家报纸杂志上发表。其书法作品被日本、越南、美国、德国、法国等60多个国家和地区的大型企业、博物馆、海外华侨社团、国外知名人士、书画爱好者收藏。曾为开元寺、光孝寺、普陀寺、松林古寺、苏仙岭、白云观、长春观、武当山紫云观、张家界武陵源等众多寺庙和名胜景点题跋和书写匾牌。书法作品已通过"IAO"国际机构认证，被文化部ISC中国艺术品价值评审网上工作委员会评价为特一级书法师。其书法作品具有升值潜力和收藏价值。

博爱，行善，立足民间，牵挂世人。作为一代书画大家，云法海再现高尚情操：2008 年 5 月，四川汶川地区遭遇地震，全国上下抗震救灾募捐活动如火如荼，他一次性捐款 10 万元支援灾区。2010 年 4 月，为青海玉树地震灾区又捐出善款 10 万元，再一次感动国人。他以岛城"微尘"的名字为灾区各捐款数万元。2011 年秋天，在市慈善总会"爱基金"年会上，他现场书写一幅"剑"字，以 17000 元的价格义卖给岛城一位喜欢收藏书画的老板，他将这 17000 元现场赠予"爱基金"会，资助失学儿童。今年，他又拿出 1 万多元捐给市北区"爱基金"帮助失学儿童。这几年云法海每年都到敬老院看望那里的老人，为他们带去自己的捐款和书法墨宝。仅 2011 年至 2012 年他就去王哥庄敬老院和其他敬老院看望那里的孤寡老人多次，带去慰问金和书法墨宝价值几十万元。到城阳区医院和第七人民医院看望那里生病的老人，并为医院医护人员赠送了价值几十万元的书法墨宝。他和社会各界人士一同行善，捐书画义卖，还资助贫困学生完成学业，出资帮助半岛博客的网友出版《中国博友文集》，印刷两万册全部送给了博友和海内外朋友们，并积极参与了许多助学、扶贫、敬老等慈善公益活动。恰如他自我表白的那样："朽人之字所示者，平淡、恬静、冲逸之致也。"

近些年，云法海的书法作品多次参加国内外重大展事，并屡屡获奖，成就可谓不菲。然而，生活中的他一向行事低调，不事张扬，且禀性纯厚，与人为善。他精于事理，善待艺术，认准之事必欲弄个明白，绝不半途而废。正是因为有了这种精神，又通过不间断地磨炼，他的书法在注重心灵感悟的同时，又于清劲、蕴藉之中蕴含了宽博大度的气象，字里行间透出一股奕奕英气。

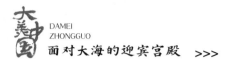
在他担任公安干警和领导职务期间，曾经多次被评为市优秀党员，曾荣立集体三等功一次、个人三等功三次。

艺术来自人民，最终也将服务于人民，艺术必须从民间吸收营养。艺术的生命力根植于人民。云法海大师立足于民间，将人生、艺术、禅修，有机自然地统一起来，他的书法在心灵升华的同时，亦得到了升华。

云法海大师现在是中国榜书协会理事、青岛榜书协会主席、中国书画家协会会员、青岛市市北区武术协会副主席、青岛市魔术协会副主席、青岛太极梅花螳螂武术馆副馆长。但是最值得我们骄傲的是：他是我们市北区"仲家洼"走出的榜书艺术大师！

一所现代化小学的中国梦

——岛城作家进校园感慨

　　应青岛上清路小学校领导的邀请，我们青岛市作家协会的韩嘉川主席，市北区的宣传部部长吴宝泉和作家于向阳、李岩、杨昌群、张海滨、孙延明、杜月英、刘淑琴、滕学臣、赵汝永、门秀山、陈怡霖等走进一所现代化小学——上清路小学校大门，参加"让书放飞梦想"作家进校园的活动。

　　看到上清路小学高大明亮的教学楼、宽阔的操场、现代化的教学设备，不由得想起20世纪50年代到60年代我看到的上清路。那时候，这里属于崂山大院旁边的南临字小区的荒芜山坡，那时这里没有学校，满山坡杂草丛生，一条条大沟从山上直通延安路，遇到下雨天，到处是黄泥地，路上没有办法行走。大沟里的雨水，沿着山沟，流经延安路、道口路，进入昌乐路河道流向大海。每逢周日，这里也是南山礼拜集的一部分，各地的居民和外地的商人都在这里出售家中积压的物资和商品，周围垃圾遍地，荒草满山坡。

60年代开始，周边工厂开始建设，这里的住房也开始增加，随着居民的不断增多，迫切需要一所小学可以满足周围居民子弟上学的需求，为此，青岛市政府直拨资金创建了上清路小学。学校建设初期，正值三年自然灾害时期，国家资金困难，校园操场建设怎么办？校园绿化怎么办？校领导带领学校教职员工用艰苦奋斗自力更生的精神，在做好教育工作的同时，所有的修缮，挖坡、填沟、修路、操场、盖食堂、种树等工作全部靠师生义务劳动解决，直到把学校建设成为青岛市花园式单位，被青岛市人民政府授予对外开放学校。

走进今天的上清路小学，清新高雅的教学楼矗立，电教化教室设备先进，令人惊叹。在绿色的校园里，有两块巨石首先映入我们的眼帘，一块在校园北端，写有大红的"爱"字，名为"爱心石"，让学生进校后就感受到爱心的永恒。学校教学楼还有爱心墙和感恩墙，在学生的心中播下爱心种子，爱祖国、爱自然、爱父母、爱老师、爱伙伴，让爱在学生的心中生根发芽，茁壮成长，将来为社会奉献自己的爱心。春风送暖，春意盎然，我们在"爱心石"前面合影留念。我为学校的组织者、领导者育人的良苦用心所感动。

　　另一块巨石在校园南端，九龙聚首，凤凰于飞，名曰"龙凤石"。看到龙凤石，我便想起了一个传说：古时被天宫的玉皇大帝打入凡间的九个天神化为九条神龙，喜逢被贬到人间化作凤凰的仙女，在他们相遇相戏的时候，被张国老骑驴巧遇，举木杖作法将九龙戏凤的情景凝固在巨石之上，此石就称为"九龙戏凤石"，也称"龙凤石"。此奇石竟然在上清路小学的校园，是不是典故中的原始暂且不表，只是不由得感慨世间缘分：上清，上清，竟然与崂山上清宫同字同音。也许，这里就是神奇的"龙凤石"的归宿吧！看，眼前的"龙凤石"龙凤盘绕，气象万千，真有呼风唤雨、蓬勃向上的气势。我默默地祷告：让这块灵石护佑着上清学子腾飞，实现那未来飞天之梦吧！

　　在欢迎大厅，学生们给我们戴上鲜艳的红领巾，我们和少先队员们一起畅谈心中的中国梦。作家代表吴宝泉用充满诗意的语言谈到春天的梦，鼓励学生激情追赶科学梦、文学梦、航天梦、

航海梦。我们和学生、老师一起朗诵梁启超的《少年中国说》。"少年智则国智，少年富，则国富，少年强则国强，……少年胜于欧洲则国胜于欧洲，少年雄于地球则国雄于地球。"激情澎湃的声音在校园回荡，高远伟大的志向根植于学子心中。

在"红领巾"们的簇拥下，我们跟随李华校长，参观了学校的育爱楼、启智楼和品趣楼，在这里我们看到了数字化电教黑板，看到了设备先进的现代化实验室。我们还看到：每个班级的教室都有一个小板报，标题是学校的校训——"做最好的自己"。走入各个楼层，一面面墙更是引人入胜——一个个爱心故事，一幅幅学生的作品，一张张学生活动的照片……校园处处是育人的天地，让人流连忘返。在参观中，李华校长还给我们介绍了学校的办学理念。近年来，学校提出了"有爱、有智、有趣"的教育思想，创建"爱润童心，放飞梦想"教育品牌，实现"做最好的自己"的发展目标，使爱、智、趣相生相长，互为融合，彰显了上清独特的校园文化韵味，追寻着上清教师和学生的梦想！前不久，学校刚刚通过验收，成为青岛市首批现代化学校。

听了校长的介绍，我想，正是有这样先进的教学理念，才创建了这样的现代化教学条件和蓬勃向上的氛围，才能让无数的童心正能量得到发挥，得到不断成长；同时促进了上清路小学教学质量日益提高和社会声誉的不断攀升。作家进校园，不仅促进和发展学校教育、加快实现祖国现代化的梦想，还让我深切感到：上清路小学在新一代校领导李华校长的带领下，已经开始腾飞，全体师生已经"放飞书的梦想"，向着明天、向着未来，在蓝天展翅翱翔。

我坚信：青岛上清路小学的明天会更辉煌！

后　记

　　我是 1968 年 12 月由青岛去农村插队的老知青，1972 年 12 月返回青岛，在青岛饮食服务公司基层核算店担任青岛日报通讯员负责企业的宣传报道，1976 年调到公司宣传科收集整理所属基层核算店的历史，并成功地编辑、举办了青岛市商业局系统第一届历史教育展览会。在采访老职工过程中，印象最深的是青岛饭店的资方经理鲁寿山老人，他详细地讲述了青岛开埠时期中山路的繁荣和最早在汇泉广场的青岛咖啡和青岛饭店由洋人开办的历史！

　　还有四方大酒店、长征旅社的前身只不过是一个简陋的马车店，后来改造成青岛市饮食服务公司的星际酒店。将近 40 年过去了，青岛饮食服务公司随着社会经济的变化已经解体，但是这些历史、文字却一直在我的心头萦绕，甚至成了沉重的包袱，因为我当时采访的老人都已经陆续离开了人世，我也已经退休多年，由于我在青岛新闻网、半岛网建立了几个文学论坛，每天利用空闲时间和文友们一起写点文章发表，打发那晚年的时光。

　　2009 年冬，市北区档案局的刘伟和葛燕悌两位局长找到我，说出了市北区政府想编写市北区地方历史的书，增加档案的馆藏，让我协助。我与李岩版主召开了青岛市部分作家动员大会，让全青岛市的作家一起编写市北区的历史。这样，在 2010 年、2011 年、2012 年、2013 年连续出版了《记忆中的市北》1~4 辑，《走四方》《四方民俗馆的故事》两本，并协助吕铭康老师提供稿件编辑出版了《行进在市北》1、2 辑。

市北区是青岛最大的一个城区，它是由原来的台东区、四方区、市北区、沧口区和崂山区的一部分合并而成，城区人口超过 100 万。所以，市北区的历史就是青岛市的历史。

从青岛历史来看，浮山是防卫青岛的门户，明朝就开始在浮山设防，浮山卫的称呼就是从明朝开始的，如果从浮山划界，浮山前基本属于市南，浮山后属于市北区。严格地说，本书主要记载的是青岛最大的城区——市北区的掌故，而由于我在市南区生活工作将近 20 多年，许多记忆难以割舍，就增添了青岛饭店、劈柴院、三新楼、玉生池等老字号。

为了收集历史，连续几年的编辑出书，我积攒了 200 多篇青岛的历史奇闻、风俗、传说、商业老字号、老企业、村庄、道路、街巷里院的故事，其中一部分发表在《中国作家网——青岛街巷里院传奇》，又有将近 50 篇被本书收录，在此，向负责本书编辑工作的张海君等各位老师表示敬意，感谢他们为青岛的历史留下一笔贵重的财富。

本书在编辑过程中，由于本书图文并茂，需要大量的图片，有许多朋友在我提出需要图片后积极给予协助，青岛市当代文学创作研究会的副会长李岩老师、副秘书长陈怡霖老师，还有刘淑琴老师、徐建军老师，市北区档案局的葛燕悌局长，李诘和朱峰科长都积极地向我提供他们珍藏的青岛历史照片，还有区委书记王光耀和摄影家任锡海的照片，最令人感动的是摄影家吴保华老

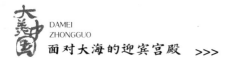
师，当接到我的求助信息后，晚上就按照我的需求挑选他珍藏的照片发给我，一直忙到夜间 11 点，确实让人感动，还有晚报的记者魏振西老师和张一先生，直接带着相机，牺牲周日休息时间，开车拉着我到现场去拍摄需要的图片。今天，在新书即将发行的时候我不得不把这些名字写在此书上，并向他们表示深切的感谢，他们的作品为青岛的历史增添了色彩！